언더커버 갱

이지영 시나리오

언더커버 갱

미래의 작가들 06

박문수책

차례

언더커버 갱

| 시놉시스 |

장르

코미디

로그라인

밀고자 누명을 쓰고 낙향한 황가파 이인자!

조직으로의 복귀를 향한 시골 마을 언더커버 갱 프로젝트!

줄거리

누명을 쓰고 조직에서 버림받은 이인자

황 회장의 신의를 한몸에 받고 있는 신정건설 이사이자 황가파 이인자 두영. 이인자 자리를 호시탐탐 노리는 삼인자 승표는 조직을 밀고했다는 누명을 씌워 두영을 죽이려 한다. 두영은 죽음의 문턱 앞에서 가까스로 살아난다. 목숨은 부지했지만 조직으로부터 배신자로 낙인찍힌 두영은 다시 조직으로 돌아갈 수 없게 된다.

죽은 듯 살아야 하는 자의 선택, 낙향

두영은 딸 은솔을 데리고 낙향을 선택한다. 두영 부녀가 발을 들인 곳은 '조월리'. 조월리로 들어왔지만 반드시 누명을 벗고 다시 조직으로 돌아갈 생각인 두영. 지금은 때가 아닌 듯싶어 시골 마을에서 은둔 생활을 하며 때를 기다리기로 한다. 이곳에서 죽은 듯이 반년만 살다가 때가 되면 조직으로 복귀하겠다는 일념으로 자신의 정체를 꽁꽁 숨기며 마을 사람들과도 어울리지 않는 두영. 하지만 두영이 하는 일마다 주민들의 주목을 받고 의도치 않게 자꾸만 좋은 사람으로 추켜세워진다. 당혹스러운 두영. 하지만 두영은 죽은 듯 살아야 하는 자신의 처지를 알기에 마음의 문을 닫은 채 조직의 복귀만을 꿈꾼다.

언더커버 갱! 조직으로의 복귀를 위한 처절한 몸부림

한편, 마을 사람들은 조월리에 들어오겠다는 골프장 건설을 죽기살기로 반대하고 있다. 사람들의 집과 생계를 책임지고 있는 공동 경작지인 과수원을 잃을 위기에 처한 마을 사람들. 그들은 치열하게 골프장 건설에 맞서 싸우고 있다. 그러던 어느 날 두영은 반강제로 참여한 시위 현장에서 골프장 건설을 맡은 업체가 신정건설, 황가파라는 사실을 알게 된다. 자신의 정체가 탄로 나면 꼼짝없이 죽겠구나,라는 생각도 잠시. 두영의 머릿속을 스치는 아이디어! 조월리의 골프장 사업을 무사히 착수시켜 황가파로 돌아가는 것이다. 그날부로 두영은 극구 사양하던 이장 자리까지 자처하며 마을 사람들을 어르고 달래 골프장을 유치시키려는 눈물겨운 노력과 사투가 시작된다. 하지만 두영의 계획과 달리 주민들의 동의를 받아내기란 하늘의 별 따기다. 두영은 골프장 동의서는커녕 주민들의 등쌀에 밀려 이장 업무를 수행하느라 진이 빠진다. 마을 사람들은 시간이 지나자 두영을 차차 신뢰하게 된다. 두영의 꾐에 넘어간 일부 주민들 사이에서는 하나둘 보상금을 받고 개발을 허용하자는 의견이 나오기 시작한다. 마을을 내줄 수 없다는 입장과 보상금을 받자는 의견이 팽팽히 갈린다. 와해되는 마을 사람들을 보며 두영은 힘을 얻는다. "이제 시간문제다. 힘을 내서 조금만 더 뺑이 치자."

드러나는 두영의 정체, 마을의 위기

한편, 승표는 죽은 줄만 알았던 두영이 조월리에 살아 있음을 알게 된다. 승표는 황 회장에게 두영이 살아 있음을 알리고, 황 회장은 조직원 둘을 보내 두영을 처리하고 주민들의 동의서도 강제적으로 받아올 것을 명령한다. 두영은 오로지 조직으로의 복귀를 꿈꾸며 동의서에 도장을 거의 다 받아갈 무렵, 마을로 파견된 조직원들과 맞닥뜨린다. 두영은 여전히 모든 일의 배후는 승표라고 생각한 채 조직원들과 몸싸움을 벌인다. 한때는 뒷골목의 전설이었던 두영. 녹슬지 않은 실력으로 조직원 둘을 제압하는 과정에서 자신을 죽음으로 몰아넣은 것이 승표가 아니라 황 회장이라는 사실을 듣게 된다. 엎친 데 덮친 격으로 조직원들에게 강제로 인감까지 뺏긴 양씨는 농약을 먹고 자살한다. 동의서는 조직원들 손에 넘어가게 되고, 두영의 정체 또한 마을 사람들에게 밝혀지게 된다. 마을 사람들에게도 외면당하고, 조직으로의 복귀도 불가능한 두영.

황가파를 향한 두영의 한방!

골프장 개발은 계획대로 진행된다. 주민들도 하나둘씩 살길을 찾아 떠나고 있는 상황에서 두영은 자신이 마을을 되돌릴 수 있는 결정적인 키를 갖고 있다는 것을 알게 된다. 되돌아가 마을을 살릴 것인가, 모든 것을 외면한 채 다른 곳에서 도망자의 신분으로 살아갈 것인가. 선택의 기로에서 두영은 진짜 밀고자가 되기로 한다. 기공식 전날, 경찰에게 조직원에 대한 모든 내용을 밀고하는 두영. 황가파를 체포할 계획을 짠다. 기공식 당일, 두영은 황가파를 향해 제대로 한방을 날리고 일망타진에 성공한다. 마을을 살리고, 조직으로부터 자유를 얻은 두영. 비로소 자유의 몸이 된 두영은 마을을 떠날 결심을 한다. 마을 사람들은 애물단지 두영에게 가기 전에 밥이나 한 끼 먹고 가라고 제안하고, 두영은 떠나기 전에 마을 사람들과 함께 마지막 식사를 한다.

| 인물 소개 |

허두영(36)

신정건설 이사로 재직하지만 실상은 황가파의 이인자. 매서운 주먹과 타고난 파이터 기질로 어둠의 세계에서 여러 번 전설을 쓴 인물이다. 조직을 밀고했다는 누명을 쓰고 죽을 위기를 가까스로 모면, 배신자와 도망자 신세가 되어 조월리로 낙향한다. 부인은 오래전 두영을 버리고 떠났다. 지금은 열다섯 살 난 딸 은솔과 함께 산다. 조월리에서 죽은 듯 조용히 때를 기다리며 살 계획이었던 두영. 조월리 주민들이 목숨을 걸고 반대하고 있는 골프장 개발 사업을 진행하는 업체가 신정건설이란 것을 알게 되고, 조직으로의 복귀를 꿈꾼다.

은솔(15)

두영의 딸. 사춘기를 지나는 중이다. 두영이 하는 일을 못마땅해하며 마음의 문을 닫고 있다. 간혹 무기력한 모습을 보이기도 하고, 특유의 애늙은이 같은 성격을 갖고 있다. 조월리에서 이장직을 맡은 두영을 보며 아빠에 대한 마음을 점점 열어간다.

김성희(29)

조월리 치안을 책임지는 경찰. 서울 사람이지만 조월리의 자연과 사람에 반해 이곳에서 근무하고 있다. 당차고 활발한 성격으로 조월리 사람들과 좋은 관계를 갖고 있다. 은솔의 친구이자 두영을 도와주는 핵심적 역할을 한다.

강승표(39)

본인은 두영과 황가파의 이인자 자리를 두고 다퉜다고 생각하지만, 명실공히 언제나 삼인자였다. 두영을 질투하고 황 회장에게 충성하는 인물. 두영을 처리하라는 황 회장의 명령을 받들어 두영에게 누명을 씌운 후 죽이려 한다. 두영이 조직에서 쫓겨난 후, 두영의 자리를 꿰찬다.

황 회장(61)

합법적인 기업체를 가장한 조직폭력배 황가파의 수장. 두영에게 누명을 씌워 죽이려 했던 장본인.

군수(64)

권위적이고 탐욕스러운 인물. 자신의 이익을 위해 골프장 사업을 무조건 추진한다.

양씨(59)

조월리를 위해 바친 청춘만 삼십 년. 자칭 조월리의 산증인.

위원장(60)

골프장개발반대위원회의 수장.

부이장(56)

두영을 도와 이장 업무를 수행하는 인물.

그 외

마을 사람들(신씨, 할아버지, 주민 1, 2, 3, 4)

부하 1, 2, 3, 4, 장 경위, 노 순경 등.

S#1. 프롤로그, 한강 근처 / 밤

쏟아지는 폭우.

한강과 서울 일대가 보이는 대교 건설 현장.

현장 바리케이드에 그려진 '신정건설' 로고들.

바리케이드에 부딪치며 필사적으로 뛰고 있는 두영. 승표와 부하 1, 2에게 쫓기고 있다.

이미 얼굴과 몸이 성치 않아 보이는 두영, 지쳐 있다.

더 이상 도망칠 곳이 없는 두영. 사방이 막혔다.

두영 ……씨발.

두영, 주위를 둘러보다 바닥에 있는 쇠파이프 집어 든다.

두영 와봐……. 와봐 새끼들아…….

쇠파이프로 부하 둘과 승표 위협하는 두영.
두영, 쇠파이프 휘두르다 안 될 것 같자 크레인으로 올라가기 시작한다.

승표 저 미친 새끼……. 허두영 이 씨발 새끼야! 개고생 시키지 말고 내려와서 뒤져 이 씹새끼야!

두영, 크레인을 필사적으로 오른다.

승표 (부하들에게) 뭐 해! 따라와!

승표, 두영을 따라 크레인을 오른다.
T자 크레인 끝까지 간 두영.
폭우에 발이 미끄럽다.
승표와 부하 1, 두영에게 조금씩 다가간다.

승표 왜 이래? 너도 나도 우리 모두 알고 있는 진부한 스토리잖아. 조직을 배신하고 짭새와 내통한 깡패 새끼의 최후. 그럼에도 불구하고! 내 시나리오가 먹힌 이유가 뭔지 알아?
두영 …….
승표 캐스팅. 주연! 신정건설 허 이사 허 두 영! 진부한

스토린데 캐스팅이 신선하잖아. 먹힐 수밖에 없었다고.

더 이상 물러설 곳 없는 두영.
두영, 빗물에 발이 자꾸 위태롭게 미끄러진다.
두영, 아래 내려다보면, 폭우에 강 물살이 빠르다.

승표 왜, 진짜로 짭새 불러드려요? 허두영. 다 끝났어. 진실은 없어 이제. 이야기는 내 시나리오대로 끝난다. 해피엔딩.

두영 ……내가 니 손엔 못 죽지.

두영, 크레인에서 한강으로 뛰어든다.

(CUT TO)
물이 많이 불어난 한강에 빠지는 두영.

(CUT TO)
아래를 내려다보는 승표.
두영이 떨어진 지점이 어딘지 보이지도 않는다.

부하 1 어떡할까요, 형님?

승표 내일 뉴스나 잘 봐.

승표, 부하 2 보이지 않자 주위 둘러보는데.

승표 (떨어진 줄 알고 깜짝 놀라서) 이 새끼 어디 갔어?
부하 1 ……고소공포증 있답니다.

올라가진 못하고 크레인에 발 하나만 걸쳐두고 있는 부하 2. 덩치가 산만 하다.

(CUT TO)
폭우에 많이 불어 있는 한강 물 빠르게 흐른다.
물 아래 의식 잃은 두영도 빠르게 휩쓸려간다.

타이틀 업 '**언더커버 갱**'.

S#2. 두영 차 안 / 낮

햇볕이 쨍한 날이다.
멍들고 터진 얼굴을 선글라스로 가린 두영, 그 옆에 딸 은솔.
은솔, 휴대폰으로 사진첩 보고 있다.
친구들과 찍은 셀카들, 평범한 여중생의 사진들.

두영 예전에 할머니 집 그 앞에 밭. 너 애기 때. 알지?

은솔 몰라…….

두영 거기랑 비슷한 거 같지 않아? 이야, 좋다.

은솔, 두영의 말에 반응이 없이 무기력하다.
평화로운 전원 풍경.
이삿짐 실은 트럭, 뒤따르는 두영의 차. 조월리로 들어선다.
산 중턱에 대규모 과수원, 꽃들이 흐드러져 있다.
그와 이질적으로 과수원 입구에 플래카드들 붙어 있다.
골프장 개발을 반대한다는 플래카드들.

S#3. 두영 집 안 / 낮

중개인을 따라 들어오는 두영과 은솔.
중개인, 집 안 곳곳에 부옇게 쌓인 먼지를 입으로 불며 들고 있던 서류로 휘휘 대충 치운다.
두영이 내다보고 있는 창밖의 마당, 관리가 안 돼 잡초가 무성하고 볼품없다.

중개인 와 그런 말이 있잖습니까. 사람은 자연하고 같이 살아야 한다꼬. 집이 쪼매 낡긴 했어도 볕 잘 들고 자연친화적이라 따님같이 자라는 애들 정서에 좋습니더.

은솔, 곧장 작은방으로 들어가서 짐을 내려놓는다. 매캐한 냄새에 먼지까지.

코와 입을 막고 창문을 여는 은솔. 밖으로 조그맣게 파출소가 보인다.

중개인(V.O.) 목도 이만하면 최고지예.

두영, 화장실 물을 틀어보는데 쫄쫄쫄 흐르는 물. 주방도 마찬가지다.

두영 물이 잘 안 나오는데요.

중개인 그 지금 과수원에서 죄다 끌어다 쓸 시간이라, 좀만 있으면 콸콸 나올 겁니다……. 뭐 더 필요하신 건…….

두영 있으면 연락드리죠.

S#4. 두영 집 밖 / 낮

마당으로 나와 이사 마무리 작업 중인 두영.

조금 멀리 비탈길을 내려오고 있는 마을 사람들,

과수원에서 내려오는 길이다.

두영, 선글라스를 조금 들어 마을 사람들 본다.

신씨 쪼기 조 집이네.

부이장 얼마나 갈라나 이번엔. 혼자 왔나?

신씨 딸 하나 있는 거 같던디…….

양씨 (웃음 참으며) 저 똥폼에 질려서 마누라가 도망간 기다.

양씨 부인 와 그라노? 남이사 똥폼을 잡건 개폼을 잡건. (양씨 훑어보며) 저 폼이 잡는다고 아무나 다 나오는 줄 아나?

양씨 (버럭) 하여간 똥이든 개든 귀농한다고 처내려오고들 지랄이여 지랄이! 안 그래도 동네 분위기 어수선해 죽겠는데.

짐 옮기다 말고 시끄러운 소리에 고개 들어 보는 두영.

방금 마을 사람들이 인사한 건가 싶은 두영.

신씨 옴마! 들었나보다.

양씨 들으라 케라! 하여간 저번 놈처럼 동네에 헛바람만 들였다간 아주……. 가만 안 놔둘 끼라.

두영, 마을 사람들이 점점 가까워지자 괜히 등을 돌리고 짐정리 한다.
그런 두영을 은근 노골적으로 쳐다보며 지나는 마을 사람들.

S#5. 신정건설 이사실 / 낮

넓은 이사실로 들어서는 승표와 부하 1, 2.

승표 뉴스에 뭐 뜬 거 없어?
부하 1 시체 한 구 떴답니다, 이사님. 그런데 사십대 중반으로 추정되는 남자랍니다.
승표 사십대 중반?
부하 1 예.
승표 ……그 새끼 원래 좀 삭았잖아. 안 그래?
부하 1 (동시에) 그렇습니다.
부하 2 (동시에) 사십대 중반까지는 아니지 말입니다.

부하 2, 눈치 없는 편이다.
부하 1이 툭 치며 눈치를 주자 대답하는 부하 2.
승표, 부하 2가 영 맘에 안 드는 표정.

부하 2 예, 그렇습니다.

승표, 의자에 앉더니 거만하게 책상에 다리를 올린다.
책상 위에 놓여 있는 두영의 명패 '이사 허두영'.
승표, 두영의 명패를 발로 밀어 떨어뜨린다.

승표 물에 불을 대로 불었으니까 뭐……. 쭈글쭈글 더 들어 보이겠지. 그래도 아름답게 죽었네. 난 시체도 못 찾을 줄 알았어. (떨어진 명패 가리키며) 저런 건 재활용도 안 돼. 산산조각 내서 갖다 버려.

S#6. 두영 집 안팎 / 아침

교복 입은 은솔, 방에서 나오는데 화장실 가려고 잠깐 나온 두영과 마주친다.

두영 (비몽사몽) 어디 가?
은솔 학교 가지 어디 가.

두영, 시계 보면 7시.

두영 ……전학 가는 날은 좀 늦게 가고 그러는 거야. 좀 이따가 같이 가 아빠랑.

은솔 (두영 지나치며) 됐어.

두영 그럼 밥이라도 먹고…….

은솔, 두영이 말하는데 나가버린다.

(CUT TO)

두영 (화장실에서 볼일 보며) 밥은 먹고 다녀야지…….
아니면 아빠처럼 고생한다……. (중얼)

S#7 학교 교무실 / 아침

교무실 안으로 들어오는 은솔.

교무실에 있던 선생, 은솔 본다.

선생 누구니, 너?

은솔 전학생인데요.

선생 혼자 왔니?

(CUT TO)

선생과 마주 앉은 은솔.

은솔, 가방에서 전학 수속 서류 꺼내 선생에게 건넨다.

은솔이 건넨 전학 수속 서류 보는 선생.
등본에 가족관계가 아버지 두영뿐이다.
선생, 은솔 한번 슬쩍 보고 전 학교에서 받아온 생활기록부 보면, 결석이 수두룩한 은솔의 출석 기록.

선생 어디 몸이 아팠니?

은솔 아뇨. 그래도 출석일수는 알아서 맞췄어요. 걱정 마세요.

S#8 두영 집 / 아침

머리 감고 있는 두영.
열심히 샴푸질한다.
헹구려는데 물이 쫄쫄쫄 나온다.
두영, 허리를 수그리고 수도꼭지에 바가지를 대고 물을 받고 있다.
어딘가 짠해 보이기도.

#시간 경과

바가지에 물이 다 차자 머리를 겨우 헹구는 두영.

S#9 슈퍼 안팎 / 오전

두영, 라면 몇 개와 물을 카운터에 올린다.

두영 이거랑 에쎄 하나 줘요.

슈퍼 어서 왔노.

두영 (돈 꺼내며) 서울요.

슈퍼 서울 어서 왔노.

두영 왜요?

슈퍼 젊은 사람이 여까지 얼라 델꼬 내려왔다 케서 궁금해가.

두영 (안 쳐다보며) 회사에서 권고사직 받고 왔습니다. 에쎄 하나 줘요.

슈퍼 (못 알아들었다) 뭐라꼬?

두영 ……에쎄, 에쎄 달라고요.

산 물건과 잔돈 들고 슈퍼 나가는 두영.
마을 곳곳에 붙은 골프장 개발 반대 플래카드 보는 두영.

두영 공기 드럽게 좋네……. (주변 경관 둘러보며) 이런데 쫙, 골프장 들어오면 죽이지…….

S#10. 하천 부근 / 저녁

성희와 장 경위 타고 있는 소형 경찰차,
하천의 다리 부근을 지나고 있다.

성희 경위님 잠깐만요. 저기.

은솔, 다리에 아슬아슬하게 기대어 서 있다.
마치 자살할 사람처럼.
차를 세우는 장 경위.
성희, 차에서 급하게 내려 은솔에게 조심스레 다가간다.

성희 학생……?
은솔 ?
성희 학생……!
은솔 저 죽을 생각 없어요. 하여간 이 대한민국이란 나라는 학생이 교복 입고 혼자서 강 구경도 못 하게 해.
성희 (다가가며) 하천이야. 너 어제 이사 왔지?
은솔 ……네.

은솔, 대충 대답하고 가려는데.

성희 동네 순찰 가는 길이니까 태워줄게.

S#11. 경찰차 안, 두영 집 앞 / 저녁

장 경위 서울 어서 왔나?

은솔 목동요.

장 경위 좋은 데 살았네.

성희 좋은 데 살다가 더 좋은 데로 온 거죠. (은솔 보며) 그치?

은솔 거기나 여기나. 사람 사는 데가 다 똑같죠 뭐.

장 경위 허허허……. 그래, 그래 정답이다! 서울이나 여기나 미국이나 사람 사는 거 다 똑같은 기라.

성희와 장 경위, 어린아이의 말 같지 않은 대답에 놀란 눈치.
은솔의 휴대폰 울려 보면, 발신자 아빠.
은솔, 받지 않는다.

은솔 저기에요. 저기서 세워주세요.

(CUT TO)
은솔에게 전화 걸고 있는 두영.
신호음만 계속 간다.

두영 전화도 안 받네.

두영, 은솔을 찾아 동네를 돌아보려고 대문 나서는데 두영 집 쪽으로 다가오는 경찰차.

두영, 그냥 경찰차가 지나가나 보다 하는데 두영 앞을 막아선다.

당황하는 두영.

(CUT TO)

은솔, 경찰차 안에서 문 열고 내리려는데 문이 안 열린다.

성희 어, 경찰차는 뒷좌석 문을 안에서 못 열어.

장 경위 아버지가?

은솔 (고개 끄덕)

장 경위 (내려선 두영 보고) 안녕하십니까.

성희 (따라 내리며) 안녕하세요.

두영 ……예.

두영, 장 경위가 자기 쪽으로 다가오자 본능적으로 주먹을 꽉 쥔다.

장 경위, 두영에게 다가가나 싶더니 경찰차 뒷문 연다.

차에서 내리는 은솔.

두영, 괜히 긴장했다.

성희 순찰 도는 길에 만나서 태워왔어요. 어제 이사 오셨다구요.

두영 아……. 예.

장 경위 이짝 동네 적응하려면 욕 좀 보시겠습니더.

두영 거기나 여기나. 사람 사는 데 다 똑같지 뭐 별거 있겠습니까?

장 경위 허허허……. 부전여전이구만.

은솔 태워다 주셔서 고맙습니다.

장 경위와 성희에게 인사하고 홱 대문으로 들어가버리는 은솔.

두영 ……그럼 수고하십쇼.

두영, 인사 후 집 안으로 들어간다.

S#12. 두영 집 안 / 저녁

두영 (집으로 들어오며) 왜 경찰차를 타고 와?

은솔 걱정 마. 아빠 얘기 안 했으니까.

은솔, 화장실 안으로 들어가 세면대 물 트는데 여전히 잘 안 나온다.
두영, 조금 열린 화장실 틈으로

두영 밥은 먹었어? (세면대 물 보고) 그거 아빠가 내일 고칠게.

은솔 (들릴 듯 말 듯) 고치긴 뭘 고쳐. (화장실 나가며) 밥 생각 없어. 방으로 들어가버리는 은솔.

S#13. 두영 집 안 / 낮

공구함 옆에 두고 화장실 물 틀어보는 두영. 물이 쫄쫄쫄 흐른다.

(CUT TO)
목장갑까지 끼고 세면대 수도관 고치고 있는 두영.
두영, 뭐가 뭔지 모르겠다.
두영, 일단 열심히 하고 본다.

두영 이게…… 연결이…… 이리로 가는 건가…….

#시간 경과

두영 됐다…….

오래도록 세면대 아래 쪼그려 있다가 일어나 물을 틀어보는 두영.
쫄쫄쫄 나오던 물마저 아예 안 나온다.
들고 있던 공구 던지는 두영.

두영 에이 씨!

S#14. 회관 / 낮

과수원에서 일하고 있는 마을 사람들. 잘 익은 자두를 따고 있다.

신씨 서울 양반 뭐 하던 남정네였을까나…….
주민 1 (음흉하게 웃는다) 모르긴 몰라도 힘 좀 썼을 것 같던데.
신씨 그제?
주민 1 근데 마누라는 왜 도망간 기가?
신씨 도망갔다꼬?

주민 1, 양씨를 가리킨다.

신씨 아이……. 이장님 또 그라시네. 하여간 저 양반은 서울 사람만 왔다 카면 와 저래 텃세를 부리쌓노.

양씨 힘만 쓰던 놈이었겠지. 무식하게 힘만 쓰니 마누라가 도망가지! 안 그나?

양씨 부인 (양씨 보며) 당신은 힘만이라도 써봐라 쫌.

할아버지, 양씨를 쳐다본다. '너도 끝난겨……'라는 표정.

양씨 와 그리 봅니까?

두영, 과수원으로 들어온다.

두영 얘기 하다가 놀라는 마을 사람들.

두영 여기 이장님 계십니까?

양씨 나가 이장인디.

두영 어제부터 물이 안 나와서 사람 좀 부르려고 하는데, 전화번호 좀 알 수 있습니까.

양씨 부인 물이 아예 안 나와요?

두영 예.

양씨 부인 갈수기에는 쪼까 불편해도 참고 살아야 합니다. 올해는 가뭄은 아니라 물이 시원찮게는 나와도 단수는 안 될 낀데…….

양씨 사람 불러도 소용없응께 물 쓸라면 마을회관 가든지 하이소.

두영 벌써 이틀째 안 나오는데……. 계속 이러면 생활을 어떻게 합니까?

양씨 부인 뭐 계속 안 나오기야 하겠습니까. 며칠만 기다려 보이소.

두영 사람 불러나 보게 번호나 좀 주세요.

양씨 거참 말귀를 못 알아듣노. 사람 불러도 소용없다 안 카나! (역정) 이짝 동네 상수도랑 소규모 급수 시설이 칠십육년도에 들어오고 한 번도 공사가 안 됐다. 내가 그래 면사무소 뻰질나게 드나들어도 안 고쳐 준다 아이가!

신씨 이장님, 와 서울 양반한테 역정을 냅니까.

양씨 답답해서 그런다 안 카나 답답해서! 내 말 못 믿겠음 면사무소 한번 가보이소.

S#15. 몽타주 / 낮

면사무소 직원에게 항의하는 두영.

면사무소 직원, 다른 부서 직원에게 두영을 넘긴다.

두영, 다른 직원을 만나 또다시 항의.

다른 직원이 또다시 면장에게 두영을 넘긴다.

면장, 군청으로 두영을 넘기고.

두영, 탁구공처럼 이리저리 넘겨지고 넘겨지고 넘겨지고…….

S#16. 읍내 헬스장 / 낮

데스크에 앉아 있던 접수원, 두영에게 손으로 누군가를 가리킨다.
사람이 거의 없는 헬스장.
군수 홀로 러닝머신을 뛰고 있다.

두영 군수님 되십니까?

군수, 이미 면장에게 말을 전해 들었는지 두영을 본체만체한다.
두영, 군수 쪽으로 바싹 다가온다.
두영의 땀 냄새 심하다.

군수 ……!
두영 죄송합니다. 물이 안 나와서 샤워를 못 했네요.
군수 조짝에서 시원하게 샤워하고 가이소. 꽁! 짜! 입니다.
두영 …….
군수 자네 집만 물이 안 나오는 게 아니다. 우리 집도 물이 안 나와! 그래서 여기서 하잖어 나도.

두영 그러니까 앞으로도 샤워를 쭉 못 한단 말입니까.

군수 못 하긴 와 못 하노! 읍내 나온 김에 커다란 고무대야 하나 사 가라! 거따가 물 받아놓고. 다 그러고 사는 기라. 슬로우 라이프! 서울에서 와가 뭘 모르나 본데, 이게 또 시골의 맛 아이겠나? 젊은 양반이 말이야 편하게만 사려고 하니까 불만이 끝도 없는 기다. (혀 차며) 쯧쯧. (헬스 접수원에게) 여기 보소! 운동 좀 합시다!

S#17. 군수 집 / 저녁

집으로 들어온 군수,
군수 가족들 무언가 때문에 쩔쩔매고 있다.

군수 아이고, 되다……. (가족 보며) 와?

군수 아내, 군수에게 화장실을 보라고 턱짓.
두영, 화장실 욕조에 거품까지 풀고 몸을 담고 있다.

두영 군수님 집에 물 자알 나옵니다.

군수 이, 이 미친놈……. 지금 뭐 하는 기고!

두영 저희 집이 물이 안 나와서 어쩔 수가 없습니다. 사람이 씻고 살아야죠.

군수 이기……. 주거침입죄 아이가? 주거침입죄!

두영 (목 뒤 때 밀며) 군수님은 근무태만죄 아닙니까! 마을 이장이 건의도 수십 번 하셨다면서요?

군수 (화장실 들어오며) 당장 나가라 당장! 이기 주거침입죄다.

두영 물 고쳐주시는 겁니까?

군수 그……. 내 맘대로 하는 게 아니라.

두영 물 안 나오는 것 땜에 국회까지 가야 합니까?

군수 국회는 무신 국회! (두영 끌어내며) 당장 나오라 안 카나!

군수, 두영을 무작정 끌어내려는데 두영이 알몸이다.

군수 ……! 이, 이 미친놈…….

두영 (수건 두르며) 고쳐주시는 겁니다.

군수 알겠으니까 썩 나가라 안 카나!

S#18. 조월리 / 저녁

두영 샤워 후 뽀애져서 마을을 걷는다.

두영 (덜 마른 머리 털며) 까불고 있어.

S#19. 마을 / 낮

관개시설 공사가 한창이다.

신씨 확실히 힘만 쓰는 양반은 아닌 기라.
주민 1 이제 물 좀 원껏 쓰겠네.
양씨 언제는 원껏 못 썼는가? (구시렁) 거 어쩌다 잠깐씩 물 좀 덜 나오는 것 가지고 오바 육바는…….
주민 2 근데 어떻게 했답니꺼?
신씨 군수 사무실까지 쫓아가가 담판을 지었답니더.
양씨 군수 사무실 쫓아간다고 이게 해결될 일이가? 거 알지도 못하면서. 시기가 맞아서 공사 들어간 거 갖고 호들갑들은…….
양씨 부인 하이고……. 와 군수 앞에서도 그렇게 말 좀 해보지? 군수 앞에선 아주 주둥이에 강력 뽄드를 붙여놨나 (양씨 흉내) 요래요래 있다가 집만 오면 그래 군수 욕을 시상에…….
양씨 저놈의 여편네!
양씨 부인 내가 틀린 말 했나. 잘했다! 수고했다! 고맙다! 솔직해져 봐라 사람이. (주민 1 붙잡고) 내 저 양반하고 살면서 속 터지는 기 한두 개가 아이다.

기술자 (무전기 대고) 틀어봐.

(INSERT)

수도꼭지 틀면 콸콸 나오는 물. 무전기에서 들리는 소리. '예 잘 나옵니다.'

환호하는 마을 사람들.

부이장, 양씨, 위원장 셋이 슬쩍 모여 이야기한다.

부이장 우리가 너무하지 않았나 싶네예……. 이사 온 지 이주가 다 돼가는데 인사도 안 하고.

양씨 …….

부이장 그동안 왔다 간 놈들하고는 어데 느낌이 다른 것 같지 않습니까?

양씨 느낌이 다르긴 개뿔…….

부이장 형수님 말마따나 좀 솔직해져 봐요. 사람이 와 그랍니까? 하여간 희한한 성격이야.

양씨 내가 뭐!

부이장 위원장님은 어떠십니까?

위원장 무엇보다 사상 검증을 해야 하지 않겠나?

S#20. 두영 집 안팎 / 낮

콸콸 나오는 물을 흐뭇하게 바라보는 두영.

(CUT TO)

시원하게 샤워를 하고 좀 쉬려는데,

누군가 문을 두드린다. 점점 격하게 두드린다.

(상상)

두영, 문을 벌컥 여는데.

서 있는 승표와 부하 둘(서울에서 두영을 죽이려 했던)

두영 깜짝 놀라 보면 양씨, 부이장, 위원장이다.

부이장 서울 양반, 부탁 좀 하나 해도 되나?

두영 아니요. 제가 지금 피곤해서.

두영, 듣지도 않고 문 닫으려는데 문 잡는 세 사람.

S#21. 군청 앞 / 낮

농성에 필요한 물건들 싣고 군청 앞으로 오는 트럭.

군청 앞에서는 20~30여 명의 사람들과 환경단체가 골프장 개발

반대 시위를 벌이고 있다.

트럭을 지나다 멈춰 서는 검은 세단.

창문 내려지고, 안에 타고 있는 군수.

군수 양 이장, 수로까지 싹 다 정비해 놨는데 계속 이럴 끼가?

양씨 말 똑띠 하이소! 그건 당연히 해줬어야 할 일 아입니까.

군수 허허, 어이 홍필이. 와 이라노. 그런 식으로 할 거면 차 빼! 주정차 금지 구역! 안 보이나?

양씨, 부이장, 위원장 동시에 몸을 쓰윽 뒤로 젖히면 운전석에 앉아 있는 두영이 보인다.

군수 ……! 박 기사, 가지.

양씨, 부이장, 위원장 '이거야!'라는 눈빛 주고받는 세 사람.

두영 안 내리세요?

양씨 짐만 옮기고 금방 갈 낀데……. 자네도 잠깐 내렸다 가는 게 어떻노.

두영 (외면) 그냥 빨리 옮기고 오세요.

부이장 아이고, 깍쟁이도 이런 깍쟁이가 없어! 진짜 정 없이 그럴 끼가?

두영, 짐들을 시위하고 있는 텐트 뒤쪽으로 옮긴다.
언뜻 보면 시위에 참가하고 있는 사람처럼 보이기도 하는데.
군청 안으로 들어오는 벤츠.
시위하던 사람들 흥분하며 일어난다.
벤츠에서 내리는 황 회장.
두영, 사람들 사이에서 황 회장을 보고 놀란다.
두영, 당장이라도 황 회장에게 달려가 자신의 누명을 풀고 싶은데…….

(INSERT)
- 신정건설 인수식, 황 회장 옆에 함께 있던 두영.
- 옥살이 끝내고 나온 황 회장에게 두부를 건네는 두영.
- 황 회장과 함께 마치 형제처럼 혹은 아버지와 아들처럼 사우나 하는 두영.
두영, 황 회장에게 가려 몸을 일으키는데.

승표(V.O.) 다 끝났어. 진실은 없어 이제. 이야기는 내 시나리오대로 끝난다.

군수 아이고! 회장님 오셨습니까!

황 회장 진작에 걸음 했어야 했는데 제가 한참 늦었습니다.

군수 아입니다! 아입니다! 아이고, 이사님도 같이 오셨네예.

승표 그럼요. 회장님까지 참석하시는 이 중대한 자리에 제가 빠져서야 되겠습니까.

군수 들어가이소.

황 회장, 승표의 어깨를 툭툭 두드려준다.
황 회장의 신임을 얻은 듯 보이는 승표.
두영, 여전히 사람들 틈에서 그들을 보고 있다.

두영 ……개새끼.

위원장 ……?

S#22. 동네 슈퍼 앞 / 저녁

양씨, 부이장, 위원장.
슈퍼 앞에서 막걸리 한잔 걸치고 있다.

위원장 아까 못 봤나?

부이장 건설사 놈들 오자마자 눈에서 그냥……. 눈이 요래

요래……. (두영 흉내) 내는 레이저가 나가는 줄 알았다 아입니까.

양씨 ……아무리 그래도 타지 사람을 이장으로 앉힐 순 없는 기라.

부이장 아까 성님도 보지 않으셨습니까. 군수 그놈아 서울 양반한테는 꼼짝도 못하는 거. 우리 마을도 강하게 나갈 필요가 있다 이 말입니더. 막말로 우리가 백날 피켓 들고 농성하고 시위한다 케도 저놈들이 뽀끄레인 밀고 들어오면 끝이라 아입니꺼.

양씨 …….

부이장 어어, 저기, 저기 보이소.

두영이 슈퍼 쪽으로 걸어오고 있다.

담배 사러 왔는지 사람들을 보고 그냥 안으로 들어가는 두영.

위원장 (양씨에게) 홍필이 자네도 지금까지 할 만큼 하지 않았는가. 힘에 부치면 다른 길을 찾는 것도 방법인 기라…….

담배 사서 나오는 두영.

양씨 ……서울 양반! 한잔해.

두영 됐습니다.

양씨 딱 한잔만 하고 가.

(CUT TO)

막걸리 한잔 비워내는 두영.

두영 (잔 털며) 이장은 아무나 합니까.

부이장 아무나 못하니까 지금 하는 말입니더.

양씨 (두영에게) 알겠다. 한잔 더 할 끼가?

두영 먼저 일어나보겠습니다.

S#23. 동네 / 저녁

담배 태우며 집으로 걷는 두영.

(INSERT)

군청 앞에서 본 황 회장의 모습.

황 회장과 승표를 향해 격렬히 달려들며 시위하던 사람들 모습.

곳곳에 걸린 플래카드 보는 두영.

승표(V.O.) 이야기는 내 시나리오대로 끝난다.

(CUT TO)

두영 시나리오는 반전이 있어야 제맛이지……. 강승표, 이 새끼야…….

두영, 담배를 끄고 슈퍼 쪽으로 뛰어간다.

S#24. 두영 집 / 낮

기술자들, 두영의 집에 방송용 마이크 설치하고 있다.

은솔 아빠가 무슨 이장을 해.

두영 왜, 못할 거 같아?

은솔 어.

두영 은솔이는 아빠를 너무 과소평가하는 경향이 있어.

S#25. 비대위실 / 낮

두영(V.O.) 이걸 어떻게 합니까?

마을회관의 맨 구석 작은 방.

방문에 '비상대책위원회실' 직접 손글씨로 쓴 종이 붙어 있다.

비대위실 테이블 위, 두영을 위한 이장 스케줄표가 놓여 있다.

부이장 많다고요? 이기요? 이번 달은 일이 없는 편인디.

양씨 자신 없으면 지금이라도 이장 자리 물러도 된다. 허 이장한테 뭐라 할 사람 하나 없다.

두영, 스케줄표를 대강 본다.

강도 높아 보이는 이장의 업무.

두영 …….

양씨 아, 그래서 할 끼가 말 끼가. 이취임을 해, 마러?

두영 누가 못한다고 했습니까? (스케줄표 덮으며) 이런 거 할 때가 아니라 골프장이 문제 아닙니까, 지금.

부이장, 양씨 툭 치면서 잘 뽑긴 잘 뽑았다는 신호.

두영 마을에 이게 제일 급한 일이니까 서류는 제가 가져가서 좀 보겠습니다.

부이장 허 이장님! 이따 여덟시에 보입시다.

S#26. 회관 / 저녁

현관 가득한 신발들 사이에 보이는 두영의 신발.

회관 벽에 걸린 플래카드.
'조월리 이장 이취임식'
양씨와 악수하는 두영.
마을 사람들의 박수를 받는다.

(CUT TO)
뒤풀이 중이다. 회관을 가득 채운 마을 사람들.
술과 음식이 한상 차려지고 사람들 사이에 은솔도 있다.
직접 음식을 나르며 마을 사람들과 이야기를 나누는 두영.
드디어 젊은 이장이다, 마을이 잘 될 징조다, 덕분에 물 잘 쓴다……. 마을 사람들 두영을 칭찬하기 바쁘다.

늦게까지 불이 켜져 있는 마을회관.

S#27. 두영 집 / 아침

부엌에서 계란 프라이를 요리 중인 두영. 숙취에 고생하면서도 요리를 한다.
식탁 끄트머리에 걸려 있는 양복.
교복 차림의 은솔, 가방을 메고 방을 나온다. 은솔, 지나쳐 나가려는데.

두영 아침 먹고 가.

은솔, 웬일로 가방을 도로 내려놓고 식탁에 앉는다.

두영, 계란 프라이 두 개를 접시에 담아 식탁에 올려놓는다.

두영 웬일이야, 아침도 먹고.

은솔 먹고 가라며. 아빠, 나 이만 원만 줘.

두영 알았어.

은솔 ……아빠는 어따 쓸 거냐고 물어보지도 않아?

두영 우리 딸이 어련히 알아서 쓸까.

(CUT TO)

두영과 은솔, 집에서 같이 나온다. 양복 차림의 두영.

집 마당 한편에 텃밭 자리, 잡초도 자라지 않고 휑하다.

두영 딸, 다녀와.

은솔 갔다 올게.

두영은 왼쪽으로, 은솔은 오른쪽으로.

각기 다른 방향으로 걸어간다.

S#28. 할아버지 집 / 낮

골프장개발사업계획 서류 들고 할아버지 집 들어서는 두영.
할아버지(S#14의 그 할아버지다), 삽으로 땅을 파고 있다.
할아버지, 금방이라도 쓰러질 것처럼 바들바들…….

두영 어르신 계십니까……. 아이고, 어르신!

(CUT TO)
땅 파고 있는 두영. 땀 흐른다.
그늘에서 부채질 중인 할아버지.
땅에 비닐하우스에서 나온 비닐 쓰레기들 열심히 묻는 두영.

두영 옛날 생각 나네……. 어르신, 이런 거 땅에 묻으면 안 되는 거 아네요?

할아버지 …….

두영 어르신!

할아버지 …….

두영 저 노친네 가는귀가 완전히 먹었구만. 하긴 저 나이에 잘 들리는 게 세상에 이런 일이다.

(CUT TO)

바들바들 식혜를 들고 와 두영에게 주는 할아버지.

두영 어르신, 제가 우리 마을 이장이잖아요! 그래서 드리는 말씀인데! 다음부터는 쓰레기를 여기에 묻으시면 안 돼요!

할아버지 …….

두영 에효……. (목소리 낮추고) 어르신.

할아버지 …….

두영 잘됐네, 잘됐어. 여기 골프장이 들어온다 아닙니까. 마을 밭이고 논이고 싹 다 밀고 이 집, 이게 집이냐 뭐냐……. 으휴……. 이 집도 싹 다 미는 거예요. (동의서 펼치며) 그니까 협조 좀 합시다.

할아버지 이런 미친놈을 봤나. 집이 없어지는데 찍으면 우짜라는 기고.

두영 ……!

(CUT TO)

할아버지, 옆에 있는 호미를 들어 두영을 쫓아낸다.

바들바들 떨며 호미를 쥐고 있는 할아버지.

S#29. 밭 / 낮

드넓은 밭.

밭주인이 트랙터로 밭을 갈고 있다.

두영 안녕하십니까! 하하하……. 좋은 오후입니다!

밭주인 어이, 허 이장님!

(CUT TO)

힘겹게 트랙터를 몰아보는 두영.

그 옆에 나란히 앉은 밭주인.

밭주인 허 이장님은 이란 거 모르지예. 이래 봬도 이게 독일제라 아입니까.

두영 어쩐지 이게 승차감이 다르더라고요. 이게 그거 같네, 그거…….

밭주인 ?

두영 골프장에서 타는 카트!

정색하며 두영을 쳐다보는 밭주인.

S#30. 배씨 집 / 낮

배씨 집, 두영 무거운 가마니를 옮기고 있다.

두영, 몰골이 부쩍 초췌해졌다.

배씨 아이고, 하나씩 옮기소!

두영 하나씩 옮겨서 어느 세월에 옮깁니까. 여기 말고도 들러야 할 곳이 아주 많습니다.

배씨 우리가 이장 하나는 제대로 뽑았네. 양 이장, 그놈은 비실비실해서 쓸모도 없었다.

배씨네 대청마루 보면, 뭔가 잔뜩 쌓여 있다.

두영 아니 근데, 뭔 일 있습니까? 저게 다 뭡니까?

배씨 어, 우리 아들 제사여 내일이.

두영 아……. 죄송합니다.

배씨 벌써…… 칠 년이나 됐구만. 우리 아들이 우째 갔는지 아나?

두영 ?

배씨 골프하다 호수에 빠져 죽었다.

두영 ……하하하. 농담도 참 살벌하시네.

배씨 이게 와 농담처럼 들리노.

두영 ……….

S#31. 군수 사무실 / 낮

조월리 이장에 허두영 이름과 사진 서류에 올라온 것 보고 기겁 하는 군수.

군수 이게……. 이……. 이장이라꼬?

직원 예, 무슨 문제라도……?

군수 이, 이놈아가 우짜 이장이 됐노?

직원 양 이장이 위임했답니다. 주민들도 다 동의했구요.

군수 ……이놈아 뭐 하는 놈인지 아나?

직원 저도 모르죠.

군수 ……참말로 큰일 났네.

S#32. 읍내 화원 / 오후

읍내에 위치한 화원.

가게 앞에 내둔 꽃들 보며 고르고 있는 은솔.

화원 주인 마당에 심을 끼가?

은솔 네.

화원 주인 묵는 거 안 묵는 거.

은솔 네?

화원 주인 묵는 걸로 가져가라. 손 많이 안 탈라믄 겨자가 적격이다. 청겨자를 가가도 되고 적겨자를 가가도 되고. 상추 토마토 호박 다 있으니까 맘에 드는 걸로 골라가뿌라.

은솔, 상추, 겨자, 토마토 등 텃밭에 심을 씨 고른다.
화원 한쪽에 세워둔 묘목들 보는 은솔.

은솔 라일락 묘목은 얼마예요?

화원 주인 이런 나무는 꽃 볼라믄 시간이 좀 걸린다.

은솔 얼마나요?

화원 주인 내년 봄이나 돼야 꽃을 보제.

은솔 하나 주세요.

화원 주인 씨 몇 개 샀노? (은솔 손에 들린 걸 세어 본다) 삼만 천 원.

은솔, 두영이 준 이만 원에 자신의 돈까지 합쳐서 낸다.

화원주인 이거 들고 갈 수 있겠나?

은솔, 가방을 고쳐 메고 밑동이 묶인 라일락 묘목을 두 손으로 든다.
경찰차 창문을 내리고 보고 있는 성희.

은솔 안녕하세요.
성희 이걸 집까지 들고 가려구? (차에서 내리며) 아주머니, 비료랑 삽도 주세요.

성희, 비료랑 삽 따위 사서 트렁크에 넣고, 묘목도 함께 넣는다.

S#33. 두영 집 / 오후

집 앞에 비료와 묘목을 내려주는 성희.

성희 혼자 할 수 있겠어?
은솔 네. 아까 설명 다 들었어요, 화원에서.
성희 도움 필요하면 전화해.

성희 대문을 막 나가려는데, 두영이 들어온다.
그런데 두영 꼴이 말이 아니다.
아침에 입고 나갔던 양복이 거적때기가 되어 돌아왔다.
마을의 온갖 일 다 도맡아 하고 와서 피곤한 두영.

성희　　　……어머.

은솔　　　……아빠.

성희　　　괜찮으세요?

두영　　　예……. 좀 피곤하네요.

그때, 대문으로 들어오는 부이장.

부이장　　이장님! 지금 회의 시간이 삼십 분이 지났는데 와……. 엄마야, 꼴이 와 이랍니까?

S#34. 마을회관 / 저녁

회관에 마을 사람들 다들 모여서 열띤 토론을 벌이고 있다.
이번에도 샤베트를 해야 한다느니, 트렌드에 맞춰서 새 아이템을 개발해야 한다느니…….
두영, 오고 가는 큰 소리와 사투리에 정신이 없다.

부이장　　이게 우리 마을에서 올해 초부터 주력했던 아이템입니다.

부이장, 웬 팸플릿을 하나 건넨다.

'월현 장터' 홍보물.

부이장 이게 해마다 한 번씩 열리는 큰 장터입니다. 축제처럼 열려서 서울 사람 외국 사람 할 거 없이 관광객이 억수로 몰립니다. 우리 마을은 특산물 퓨전 요리로다가…… 재작년부터 작년까지 2회 연속 매출왕으로…….

양씨 다 내가 이장직에 있을 때 탔제.

부이장 (무시) 장터에서 수익이 많이 나야 우리 마을이 예산도 좀 더 챙겨오고, 군에서 회의할 때도 아쉬운 거 없이 할 말 다 할…….

양씨 그제. 내가 이장직에 있을 때 매출왕 등극해가 과수원 울타리 싹 다 새걸로…….

부이장 아, 말 좀 합시다, 성님! …….허 이장님. 듣고 계십니까?

두영, 너무 무리했는지 눈이 퀭해서는 넋이 나가 있다.

두영 (넋 나갔다) 예……. 다 듣고 있어요.

부이장 저번에는 복숭아 샤베트가 인기가 최고로 좋았다 아입니까.

두영 ……예……. 그래요 좋네요. 그런데 저는 뭐 마을 특산물도 잘 모르고 이런 거 맛도 잘 모르지 않습니까. 이 사업은 철저히 제가 부이장님께 위임을 하도록 하겠습니다. 괜찮으시죠?

부이장 ……아니 그라도 이게 중요한 행산디.

두영 그러니까요. 중요하니까 제가 부이장님께 양도를 할게요.

두영, 피곤한지 휘청거리며 회관을 나간다.
두영이 회관을 나간지도 모르고 계속해서 피 튀기는 토론 중인 마을 사람들.

S#35. 두영 집 안팎 / 오전

두영, 현관을 나오는데 현관문에 붙어 있는 포스트잇.
'텃밭 물 주고 가.'
어제 은솔이 정리한 텃밭. 가지런하게 정리된 흙.
한쪽에 라일락 묘목도 심겨 있다.
두영, 은솔이 두고 간 물뿌리개 본다.
두영, 수돗가에서 물뿌리개에 물을 받아 텃밭에 뿌린다.

두영 이게 뭘 심은 거야. 알 수가 있어야지…….

그래도 묵묵히 꼼꼼하게 텃밭에 물을 준 후에 집을 나간다.

S#36. 광녀 집 / 낮

광녀 집, 사람 사는 집 같지 않게 낡고 관리 안 됐다. 을씨년스럽다.
마당 평상에 앉아 콩 까고 있는 광녀 모, 어딘가 비범해 보인다.

두영 안녕하세요, 어르신?

광녀 모, 마지막 콩깍지를 까서 소쿠리에 넣는다.

광녀 모 (뒤도 안 돌아보고) 딱 마차 왔네. 앉아라. 내도 궁금한 기 있응께.
두영 …….

두영, 평상 모서리에 걸터앉는다.

(CUT TO)
대추차 내오는 광녀 모.

광녀 모 내 눈 똑띠 보고 말해봐라 어디 한번.

두영, 대추차 마시며 광녀 모 눈 똑바로 보고 있다.

광녀 모 지장을 찍으면 얼마를 주는 기고.

두영 ……!

광녀 모 사실대로 말해봐. 얼마를 주노.

두영 지장을……. 지금 찍으실까요?

광녀 모 내가 앞으로 살면 얼마나 살겠노. 내야 이래나 저래나 죽을 목숨 연명해 사는 거지만, 저 불쌍한 년 오데 몸 편한 곳에라도 넣었으면 하는디.

두영, 뭔 소린가 싶어 둘러보면, 대문 앞에 서 있는 광녀.
깜짝 놀라는 두영.
광녀, 제정신이 아닌 듯 혼자 중얼거리며 자폐 증세를 보인다.

두영 ……어르신, 여기 지장을 찍으시고, (동의서 들이밀며) 따님의 경우는 장애 등급에 따라 보조금이…….

광녀 모 자는 등급도 안 나와. 정신이 미친 게 아니니께 받을 보조금도 없는 기라. 박복한 년…….

두영 …….

광녀 모 신기 때문에 저래 됐다 아이가.

두영 (피곤하다) 그러니까 지장을 찍으시면…….

광녀 모　　부모 복이 박해도 그렇지, 물려받을게 없어서 신기를 물려받어. 크아악 퉤! (침을 뱉는다)

두영　　아, 찍으실 거예요 말 거예요.

광녀, 두영 쪽으로 다가온다.

광녀　　쯧쯧쯧……. 수렁에 빠졌어.

두영　　…….

광녀　　손톱이 빠지도록 긁어봐라 어디. 나올 수 있나. 깊어도 한참 깊네.

광녀 모　　고마해라, 이년아!

두영　　(중얼) 돌아버리겠네. 어르신. 다음에 올게요.

광녀 집 나가는 두영.

그 모습을 언제부터였는지 신씨가 보고 있다.

부이장　　(뒤에서 놀래주며) 어이!

신씨　　아이 진짜! 뭔데! 아이고, 놀래라…….

부이장　　뭐 하노, 여서?

신씨　　암것도 아니다.

신씨, 자리를 떠나고.

부이장, 광녀와 멀어지고 있는 두영을 번갈아 본다.

S#37. 마을 길 / 오후

하교 중인 은솔.

주민(V.O.) 은솔아!

은솔 둘러보면, 신씨 집 대청마루에 마을 사람들 모여 장터에서 팔 음식을 미리 만들어보고 있다.
신씨 집, 담벼락이 낮고 마당이 커서 길가에서도 훤히 다 보인다.

주민 은솔아! 퍼뜩 와본나!

S#38. 신씨 집 / 오후

신씨 집으로 들어서며 꾸벅 인사하는 은솔.
온갖 산해진미……. 처음 보는 형형색색의 화려한 음식들에 놀라는 은솔.

신씨 왔나. 간 좀 바라. (큰 음식 통째로 들고) 뭐 하노, 아 벌리라.

은솔 입 벌리면,

그 큰 음식을 은솔의 입에 요령껏 욱여넣어 주는 신씨.

신씨 맛있나? 쪼까 싱겁지 않나?

은솔 (고개 절레절레)

신씨 맛없나?

은솔 (고개 절레절레)

신씨 안 싱겁다꼬?

은솔 (고개 끄덕)

마을 사람들 됐다, 됐다! 애들 입맛이 정확한 기라! 환호하며 좋아한다.

신씨 니 저녁밥 안 묵제? 음식들 싸줄 테니까 가 무라, 아부지랑.

(CUT TO)

은솔, 양손에 가득 찬을 들고 신씨 집 나온다.

S#39. 군수 사무실 / 오후

군수 그 마을 사람들이 워낙 터줏대감입니더……. 저희 군에서도 가장 오래된 마을이기도 하고예. 무엇보다 이번에 새로 선출된 이장 놈도 만만치가 않습니다.

승표(V.O.) 터줏대감이고 이장이고 뭐고 지금 그 몇 사람들 때문에 작업이 못 들어간다는 게 말이나 됩니까, 군수님?

군수 이사님, 시간을 쪼매만 더 주이소.

승표(V.O.) 이번 달 안으로 무조건 들어가게 해주십쇼. 저희도 스케줄이란 게 있지 않습니까.

군수 예, 최선을 다해보겠습니다.

S#40. 신정건설 이사실 / 오후

승표, 사무실 부하 1, 2와 함께 스피커폰으로 통화 중이다.

승표 군수님.

군수(V.O.) 예?

승표 제가 그런 말 들으려고 군수님께 성의를 표한 건 아니지 않습니까?

군수(V.O.) 그, 그란 뜻이 아니라.

승표 결과물로 보여주시리라 믿습니다, 군수님.

군수(V.O.) 예, 알겠습니더. 들어가이소.

전화 끊고, 승표 벌떡 일어나 분을 못 삭이고 허공에 주먹질한다.

부하 1 이사님 진정하십쇼.

한참 허공에 주먹질해대는데 울리는 전화.

황 회장이다.

승표 예, 회장님!

황 회장(V.O.) 문제없지?

승표 예, 이상뭅니다.

황 회장(V.O.) 강 이사, 두영이 몫 해야지.

승표 예, 걱정 마십쇼 회장님. 들어가십쇼. 예예!

전화 끊는 승표.

승표 시발! 야 그냥 니들이 내려가서 지장 싹 다 받아오면 안 되냐?

부하 2 이사님, 요새 누가 그런 식으로 일을 합니까? 그랬

다가 뒤탈 생기면 답 없습니다.

승표 ……．

S#41. 두영 집 안 / 저녁

두영, 실내 골프매트 깔아두고 골프 치고 있다.
두영의 옆에 펼쳐진 동의서.
총 열아홉 가구의 명단이 있다.

두영 (혼잣말) 열……. 아홉 개……. 열아홉.

거실로 들어오는 은솔.

두영 그게 다 뭐야?

두영, 은솔의 손에서 반찬들 받아 식탁에 올린다.

은솔 장터에서 팔 음식들이래. 아빠 갖다 주라고 싸주셨어.

두영, 찬 열어보면.
과일과 꽃으로 만든 기상천외한 음식이 들어 있다.

한식대첩 저리 가라다.

매출왕을 할 것만 같은 강력한 느낌…….

두영 ……큰일 났네. 아주 작정들을 하셨구만.

(CUT TO)

두영과 은솔, 상 가득 찬을 차려두고 저녁을 먹는다.

은솔 ……텃밭 봤어?

두영 봤지. 근데 뭘 심었는지 알 수가 있어야지. 뭐 심었어?

은솔 청겨자, 토마토, 상추, 라일락.

두영 라일락?

은솔 채소만 심기 섭섭하잖아. 올해는 못 펴도 내년 봄이면 꽃 핀대.

두영 ……그래 잘했네. 이쁘더라.

은솔 …….

두영 텃밭에 물 다 주려면 물뿌리개 들고 몇 번 왔다 갔다 해야 하더라. 아빠가 수돗가에 호스 연결했어. 그걸로 물 줘.

은솔 응…….

S#42. 슈퍼 앞 / 저녁

부이장과 양씨, 위원장, 막걸리 마시고 있다.

양씨 (잔 탁 내려두며) 그게 진짜가?

부이장 서류를 들고 왔다 갔다 하더라니까예.

양씨 우짠 일인교? 사상검증이 됐다 하지 않았나.

위원장 ……이상하네. 확실했는데.

부이장 돌다리도 두들기고 건너야 한다꼬 했습니더.

양씨 언제는 잘 뽑았다매!

부이장 …….

양씨 (자리에서 일어나며) 니미럴, 술맛 다 떨어졌네.

위원장 어디 가노?

휘적휘적 걸어가는 양씨, 위원장이 그 뒤를 따르고.

황급히 술값 내고 따라가는 부이장.

S#43. 두영 집 안팎 / 저녁

(E) 요란하게 문 두드리는 소리.

은솔과 밥 먹다 말고 소리에 두영, 현관으로 가 문 연다.

양씨 허 이장, 골프장 서류좀 도.

두영 그건 왜요?

양씨 뭐 확인할 게 좀 있어서 싸게싸게 줘봐!

두영 ……확인할 게 뭔데요?

양씨 긴급……. 긴급 대책……. 아 뭐 확인할 게 있다 아이가! 급한 거!

두영 그니까요. 급한 거 뭐요.

양씨 급한 거 그 거시기 거 뭐야? (위원장 보며)

위원장 ……어 거시기 정비예정구역……. (더듬더듬)

양씨, 두영의 뒤로 골프매트 봤다.

양씨 허 이장, 꼴프 치나?

두영 아뇨?

양씨 그라믄 저건 뭐꼬?

두영 ……은솔이가 어릴 때 골프를 했었는데 가끔 이렇게 치고 싶다 해서…….

양씨 아니 지금 때가 어느 땐데 꼴프를……. 불난 집에 부채질하나? 왜 아주 불난데 기름을 붓지 그냥!

위원장 서류 좀 줘봐라, 허 이장.

두영, 서류를 가져오고.

양씨, 서류를 열어 동의서를 확인하는데, 깨끗하다.

양씨 (부이장을 보며)

부이장 ……크흠.

위원장 그래 허 이장. 저녁 식사 중에 미안했네.

S#44. 마을 / 밤

위원장 (부이장에게) 아, 사상검증 확실하다니까 사람을 그래 못 믿나?

부이장 뭐……. 내는 확실히 하고 갈라꼬.

갑자기 정적을 깨고 웃기 시작하는 양씨.

양씨 알겄다……. 알겄어! 킄킄킄킄……. 저 자식 저거……. 아이고 어린놈의 자슥이……. 감투 좋은 건 알아가꼬. 저놈 저거 감투라 카면 아주 사족을 못 쓰는 기라! 다들 봤제? 아까 이거 달라니께 (두영 흉내) 그건 왜요, 그건 왜요. 이런 서류 들고 다니면 때깔이 난다 아이가. 지도 아는 거제. 아, 내가 이런 서류를 들고 댕기면 때깔이 나는구나 하고.

부이장 내일 인터뷰 한번 거하게 시켜줘야겠네. 참, 방송사에 성님 후배 있다매.

양씨 아이고, 그래야제. 저 양반 저거 아오, 내가 선글라스 끼고 똥폼 잡을 때부터 알아봤다 크큭…….

S#45. 마을 / 낮

25인용 미니버스에 분주히 오르는 사람들.
똑같은 마을 티셔츠도 맞춰 입었다.
트럭에는 음식 만들 주방 용기들 한가득 실려 있다.
두영, 숨기려 하지만 숨길 수 없는 무기력하고 의욕 없는 표정.

부이장 (버스 안 보며) 다 탔나? 짐이 생각보다 많아가……. 이장님은 은솔이랑 김 순경님 모시고 따로 차로 좀 오이소.

두영, 몸살이 나서 도저히 못 가겠다는 제스처.
팔에 근육통도 있고……. 다리도……. 온몸이 아프다고 어필한다.

양씨 마을 행사에 이장이 안 가는 게 세상천지에 어딨노. 싸게싸게 오소. 출발!

마을 사람들을 태운 미니버스 출발한다.

S#46. 두영의 차 안 / 낮

두영, 운전하고 있고.

은솔의 무릎 위에 올려놓은 매니큐어와 아세톤, 면봉 등. 네일아트 용품이 담긴 파우치.

은솔 옆에 앉아 있는 성희.

두영 네일아트 자격증……? 그런 건 언제 따신 거예요.

성희 대학생 때 땄어요. 그때 이것저것 좀 많이 해보느라.

두영 사투리 전혀 안 쓰시는 거 보니 서울분이신가 봐요.

성희 네.

두영 어쩌다 이곳까지 오셨어요?

성희 좋지 않아요? 사람들도 그렇고 자연도 그렇고.

두영 그래도 서울만큼 살기 좋은 데가 어디 있겠습니까.

성희 그럼 아버님은 왜 내려오셨는데요?

두영 사람 때문이죠 뭐.

성희 (창밖 보며) 여긴 좋은 사람 많아요. 사람 때문에 다시 서울로 갈 일은 없을 거예요.

두영 …….

S#47. 장터 / 낮

군에서 마을 단위로 열리는 대규모 장터 행사.
현지인이고 관광객이고 할 것 없이 인산인해.
방송사 리포트들, 기자들도 여럿 보인다.

은솔과 성희의 네일아트 부스에 사람들 줄이 끝없이 서 있고.
마을 사람들, 몰려드는 손님에 정신없이 전 부치고, 음식 만들고…….
불티나게 팔리는 조월리 음식.

양씨, 카메라 앞에서 인터뷰하느라 정신없다.

양씨 (어색한 서울말) 우리 조월리가 월현군에서 가장 유서 깊은 역사를 자랑하는 히스토리컬한 그런 마을입니다.

리포터(V.O.) 이장님이세요?

양씨 저는 이장직을 구십오년, 공삼년, 이천십일년 이렇게 세 번 역임을 했고, 지금은 젊은 사람들에게 기회를 주어 마을을 번영하기 위하여……. 어, 저 있네! (두영 보고) 어이! 허 이장! 퍼뜩 와봐라.

두영, 자기에게 들이미는 카메라를 보고 놀라 황급히 자리를 뜬다.

양씨 저 양반이 카메라 앞에서 부끄럼을 타네……. 피디님! 카메라! 따라와보이소!

양씨, 집요하게 두영을 뒤쫓는다.

(CUT TO)
양씨, 두영, 부이장, 셋이 나란히 경직된 자세로 서서 인터뷰를 한다.

리포터 이장님, 이건 우리 마을이 정말 단단히 준비해서 나왔다는 상품이 있을까요?

두영, 목 아프다는 제스처를 취하며 부이장에게 마이크를 넘긴다.
두영, 안절부절못하며 카메라에 최대한 안 잡히기 위해 애쓴다.

부이장 ……예, 저희는 작년에는 복숭아 샤베트가…….

S#48. 순댓국집 / 저녁

순댓국집의 TV, '생방송 6시 내 고향' 나오고 있다.
밥 먹다 숟가락 떨어뜨리는 승표.

승표 ……저거 허두영이 아니야?
부하 1 ……마, 맞는 것 같습니다
승표 저 새끼가 저기서 뭐 하는 거야. 씨발……. 뒈진 거 아녔어?

S#49. 장터 / 낮

카메라에 안 잡히기 위해 몸 배배 꼬며 이상히 행동하는 두영.
두영을 보고 리포터도 당황한다.
PD, 두영을 보고 빨리 인터뷰를 끝내라는 손짓.

리포터(V.O.) 네! 그럼 이상, 월현리 통합 장터 현장에서 리포터…….

두영, 카메라가 없는 곳으로 피신해서 숨을 돌린다.
두영, 단체로 맞춰 입은 티셔츠도 벗는다.

두영 ……시발……. 살기 힘드네.

양씨 부인(V.O.) 이장님!

두영 예.

양씨 부인(V.O.) 복숭아랑 모과가 모자라네예! 퍼뜩 가서 갖다 줄 수 있습니꺼? 두 시간은 더 팔 수 있는데!

두영 예, 알겠어요.

두영, 진이 빠져 장터를 터벅터벅 걸어나간다.

S#50. 과수원 / 낮

과수원에서 복숭아 박스랑 모과를 차에 싣는 두영.

과수원에서 마을이 한눈에 내다보인다.

고요하게 빈 마을.

두영, 과일을 싣다 말고 과수원을 내려온다.

S#51. 마을 / 낮

아무도 없는 마을 길을 걸으며 집들을 둘러보는 두영.

담장이 낮은 신씨 집.

S#52. 신씨 집 / 낮

신씨 집 뒤편으로 가서 창문을 살피는 두영.

창문, 반쯤 열려 있다.

동의서를 바지춤에 넣고 창문 넘는 두영.

안방으로 들어가 장롱, TV장, 서랍, 차례대로 뒤지는 두영.

빠르고 절제된 두영의 손놀림, 그러나 찾을 수 없는 인감.

두영, 안방을 나와 부엌으로 간다. 찬장을 뒤져보는데.

뒤에서 나타나는 신씨.

허리춤을 잡고 다리를 절고 있다.

신씨 (절룩거리며) 이장님?

두영, 놀라서 들고 있던 컵 떨어뜨릴 뻔한다.

압박붕대를 한 신씨의 발목.

신씨 뭐 하세요?

두영 ……아프시다면서요.

신씨 이 나이면 어디 안 아픈 데가 없죠. 어제 과수원 거 비탈길에서 살짝 삐끗한 게 이래 됐네. 근데 여기는 무신 일로…….

두영 병원은 다녀오셨어요?

신씨, 뭔가 수상쩍은 눈빛으로 두영을 본다.

두영 뭣 좀 가지러 왔다가……. 걱정돼서요. 마을에 아무도 없고 그래서……. (컵 어색히 들며) 따듯한 차나 뭐 한잔 주세요.

신씨 우리 집엔 차 없는디.

두영 ……그럼 쉬세요.

두영, 신씨 지나쳐 나가는데.

신씨 이장님!

(CUT TO)

차 없다던 신씨, 차를 내온다.

신씨 우리 딸이 중국에서 사 온 귀한 차라는데, 알아보니까 우리나라에 건너오면 기백만 원 한다네…….

두영 (향 맡아보는) 기백만 원은 무슨…….

다행히 신씨 못 들었다.

두영 따님이 중국에 계세요?

신씨 아니요, 서울 사는디. 중국으로 출장을 자주 가서. 별다른 재주는 없어도 중국어는 쪼까 해요, 우리 딸이.

다른 집 뒤져야 해서 그만 일어나고 싶은 두영.
마음이 급하다. 원샷 하는 두영.

신씨 이번에 애가 둘째도 보고 해가…….

두영 아 예, 축하드립니다. 차 아주 맛있게 잘 마셨습니다.

두영, 일어나려 엉덩이 반쯤 들렸는데,
계속해서 말하는 신씨.

신씨 이장님도 서울에서 오셨으니 알 거 아녀요. 거기서 아 둘 키우며 사는 기 어디 쉬운 일인가……. 딸이 부탁을 하더라꼬. 내만 괜찮으면, 서울로 올라와 달라꼬……. 농사를 접고 올라가야 하는 긴가 싶어서……. (두영 눈치) 아무리 내가 가서 아들을 봐준다 케도……. 내가 짐이 되는 거 아이가. 올라갈라믄……. 뭐 딸내미 아파트 대출금이라도 갚아줄 정도는 내가 들고 가야제……. 아이고, 내가 바쁜 양반 붙잡고 괜한 넋두리를 했네. 미안해요 이장님.

두영 (도로 엉덩이 붙이는) 서울요? 농사를 접고요?

신씨 생각 중이다 이 말이오. 나도 참 주책시러부라…… 별말을……. 차 다 마셨죠?

신씨, 두영에게서 찻잔을 거두려는데 잡는 두영.

두영 비싼 차라 다르긴 하네요. 한 잔 더 주세요.

(CUT TO)

두영 (동의서 펼쳐두고) 일단 신씨 아주머니는 여기에 도장을 찍으시고. 누구누구입니까 그분들이?

신씨 누군지 말은 아직 해줄 수 없고……. 여튼 좀 있어요. 우리 나이가 그렇지. 쪼금만 지나면 농사할 힘은 없어지고. 어째 보면……. 조금 손해를 보더라도 빨리 서울 가가 자리 잡는 게 나은 것 같기도 허고…….

두영 누가 손해를 봅니까?

신씨 보상금 그거 누구 코에 붙인다꼬…….

두영, 신씨의 손가락만 보인다.

두영 그분들이 누군지 말씀을 해주셔야 제가 찾아가서 설명을 드리죠.

신씨 뭐 그리 급합니꺼……? 조만간 내가 자리 한번 만들 테니까 이장님이 설명 좀 자세히 해도. 나도 이전에 양 이장한테 들은 내용이 있긴 한데, 설명을 할라카니 도저히 머리가 아파서…….

S#53. 마을 길 / 낮

신씨(V.O.) 많다니께요. 내가 사람들 모아서 자리 만들 테니께 이장님이 와 설명 한번 해도. 내는 당최 뭐가 뭔지 봐도 잘 모르겠다.

조용한 마을 길 걷는 두영.

바지춤에 넣어둔 동의서 펼쳐보는데 홀연히 나타난 광녀.

두영 아, 깜짝이야. 씨…… 뭐요?

광녀, 따라오라는 손짓 한다.

두영, 갈까 말까……. 광녀를 본다.

광녀 찾고 있는 게 있다 아이가!

두영 네?

광녀 니가 찾고 있는 거 말이다. 여 있다 아이가. (따라오라는 손짓)

두영, 광녀를 따라간다.

S#54. 광녀 집 뒤뜰 / 낮

귀신 나올 것같이 음산한 뒤뜰이다.

두영 저기요.

광녀, 장독대 쪽으로 간다.

두영 쫓아온 내가 빙신이지.

광녀, 가장 큰 독을 가리킨다.
그러면서 가지는 않고 계속 광녀를 보다가 장독대로 가보는 두영.

두영 내가 뭘 찾는지 지가 어떻게 알어.

광녀 열어봐봐. 여기 있다.
두영 …….

두영, 장독대를 여는데 간장에 절여진 자신의 시체 보인다.
소스라치게 놀라며 뒤로 나자빠지는 두영.

두영 워어어어!

두영, 바닥에 자빠져 얼이 빠져 있다.

광녀 이거 찾는 거 아니었나?

광녀, 깔깔거리며 뛰어간다.
두영, 일어나 슬그머니 간장독 다시 보면, 그냥 간장이다.

두영 저거 완전 맛탱이가 갔구만…….

S#55. 신정건설 이사실 / 저녁

부하 1, 2와 승표 '생방송 6시 내 고향' 다시보기로 두영 부분 돌려 보고 있다.
방송에 나오는 두영의 모습, 우스꽝스러운데 승표와 부하 1은 심각하다.

부하 1　　회장님께 말씀을 드리는 게 어떻겠습니까?

승표　　……무조건 내 선에서 처리한다. 직접 내려가봐야겠…….

부하 2　　(두영의 모습 보고 웃음 터진다) ……풉.

승표　　이 새끼야, 지금 이게 웃겨?

부하 2　　죄…… 송합니다…….

승표　　웃기냐고, 이 정신 나간 새끼야!

부하 2　　…….

승표　　스케줄 잡아. 직접 처리한다.

S#56. 교차 - 장터, 과수원 / 저녁

부이장, 두영 전화 통화.

부이장　　이장님 어딥니꺼? 아, 과일 가질러 갔다꼬? 많이 안 좋나?

두영　　많이는 아니고……. 그냥 좀 몸살 기운이 있어서요. 부이장님이 잘 마무리해주세요.

부이장　　아이고……. 무리하지 말고 쉬세요, 그라믄.

부이장, 전화 끊고 장터 마무리 작업 돕는다.
두영, 과수원에 과일 박스 도로 내려놓는다.
과일 박스 내려놓다가 마을 내려다보는 두영.
잠시 과일 박스 위에 걸터앉아 담배 한 대 피운다.

S#57. 버스 안 / 저녁

마을로 돌아오는 버스 안.

부이장 뭐, 결과를 봐야 알겠지만, 느낌이 좋지 않습니까?
양씨 결과를 꼭 봐야 아나? 무조건 일등이여 우리가!
양씨 부인 완판이다 완판!
주민 오늘 은솔이랑 김 순경님이 한몫 제대로 했다 아이가!
양씨 부인 은솔아, 니 얼마 벌었는지 세봤나?
은솔 음……. 사십만 원 정도 번 것 같은데요. (성희 보며) 그쵸?
성희 그 정도 했겠네.
부이장 자 자, 오늘 수고해준 은솔이랑 김 순경에게 박수!

마을 사람들 자축하며 돌아오는 분위기.

S#58. 트럭 안, 군청 앞 / 저녁

군청 앞, 부이장과 두영이 탄 트럭이 선다.
두영 무릎에 가지런히 놓은 '2015 월현장터 조월리 결산보고' 파일.

부이장 안색이 와 그라노?

두영, 몸살 기운 있다는 제스처.

부이장 아따, 고마해라! 돌아불겠네. 지금 몇 날 며칠을 아픈 기고? 허 이장, 자꾸 사까리 치는 거제?

두영, 제발 믿어달라는 제스처.

부이장 누가 이장인지 모르겄네 참말로. 이거 중요한 자린데 그래 비실비실해가 어디 말이나 하겄나? 가서 싸게 약 사 올 테니까 잠깐 있어 보이소. (두영 이마에 손 짚고) 열은 없고마……. (차 문 열다 말고) 이장님.

두영 ?

부이장 내는 허 이장만 믿습니더. 지금까지 우리 마을에서 군수한테 이래 나갔던 사람은 없는 기라. 권력에 굴복하지 않는 우리 허 이장! 강하게! 오늘도! 알제?

두영 ……. (알겠다는 제스처)

부이장, 차에서 내려 약국으로 간다.

두영 아……. 씨…….

그때, 군청 앞에 서는 외제차.

두영, 몸 숙이고 주시하면 벤츠에서 나오는 승표와 부하 2.

군수(V.O.) 아이고, 오셨습니까, 이사님!

두영, 고개만 살짝 들어 밖을 살피는데……. 승표와 눈이 마주쳤다.

승표 옆에 딱 붙어서 알랑방귀 뀌는 군수.

군수(V.O.) 오시는 길에 차는 안 밀리셨습니꺼?

승표 예. 편하게 왔습니다. (부하 2에게) 으……. 즈그……. 트륵……. (야, 저기 트럭.)

부하 2 예?

군수 오늘 이기 장터 결산보고 자린데, 이사님이 참석 하셔서 마을 주민들에게 소신 있는 발언을…….

승표 트륵, 흐드응! (트럭, 허두영!)

군수 ……어디 불편하십니까?

부하 2가 승표의 지시를 못 알아듣는 동안 트럭을 빠져나가는 두영.

군수(V.O.) 이쪽입니다, 이사님!

부하 2, 뒤늦게 알아듣고 트럭으로 뛰어간다.

S#59. 시장 / 낮

두영, 부하 2의 쫓고 쫓기는 추격전.
사람 많은 재래시장으로 몸을 숨기는 두영.
만만찮은 덩치를 끌고 사람들 어깨빵 제대로 시전하며 두영 쫓는 부하 2.

S#60. 군청 앞 트럭 / 낮

약 사서 나오는 부이장.
부이장, 트럭 쪽으로 걸어오면서 군청 앞에서 농성 중인 위원장과 눈인사한다.

트럭 문 열면, 두영 사라졌다.

부이장 어디 갔노? (위원장에게) 성님! (빈 트럭 가리킨다)

위원장 (모르겠다는 제스처) 내는 못 봤는데!

S#61. 시장 / 낮

시장 내 건물에 이삿짐 오르내리고 있다.

그 주변을 뱅뱅 돌면서 서로를 쫓는 두영과 부하2.

두영, 커다란 이삿짐 뒤에서 숨을 돌린다.

두영 끈질긴 새끼…….

그때, 두영을 찾아 내팽개치는 부하 2.

시장바닥에서 엎치락뒤치락하는 두영과 부하 2.

두영, 부하 2의 턱을 가격한다.

부하 2, 짧은 비명과 함께 휘청하고.

두영, 건물로 올라갈 준비하고 있는 사다리차에 올라 발을 휘두르며 달려드는 부하 2를 위협한다.

덩치만큼 맷집 좋은 부하 2,

급기야 이삿짐 사다리차에 올라타고.

두영, 기다렸다는 듯 옆의 아저씨한테 빨리 버튼 누르라는 제스처.
아저씨, 뭣도 모르고 그냥 버튼 누르고 본다.
우우웅 소리 내면서 올라가는 사다리차.
두영, 재빠르게 사다리차에서 점프하고.
부하 2, 사다리차가 올라가자 패닉이다. (고소공포증)

S#62. 군청 회의실 / 낮

각 마을 대표들이 결산보고 하는 자리.
두영 자리는 비어 있고, 초조한 부이장 시계를 자꾸 확인한다.

직원 다음은 조월리, 보고해주십쇼.

결국 부이장, 대신 마이크를 잡는다.

부이장 예……. 조월리 부이장 박진만입니다. 2015년 월현장터 결산보고 시작하겠습니다.
군수(V.O.) 이장님은 어데 가셨습니까?
부이장 오늘 몸이 안 좋아가, 제가 대신…….
군수 그짝 동네 이장님은 지역 발전에는 관심이 없으시답니까? 저번에 보니까 장터에서도 코빼기도 안 비치더만.

부이장 …….

승표 (옆에서 웃으며) 몸이 많이 안 좋으실 거예요.

군수 ……?

승표 (부이장에게) 그쵸? 몸이 아주 많이 안 좋으시죠?

승표, 부하 2가 두영을 때려잡았을 걸 상상하며 키득거린다.

S#63. 시장 / 낮

높이 올라간 사다리차.

부하 2 이 씹새끼야! 나 고소공포증 있단 말이야! (울먹) 엄마…….

사람들 틈으로 사라지는 두영.

S#64. 군수 사무실 / 낮

승표 대체 언제까지 기다리란 겁니까, 군수님. 이번 사업 무조건 추진해야 합니다.

군수 저도 무조건 추진하고 싶습니다, 이사님.

승표　　그런데요.

군수　　이사님도 아시다시피 행정절차라는 게 있다 아입니까. 말단 직원부터 시작해가 과장, 부장, 사장까지 결재가 차례로 가야 한단 말입니다.

승표　　……지금 저 무시하시는 겁니까?

군수　　제 말은, 아무리 작은 마을이라 케도 마을 주민들을 거쳐서 이장, 면장 , 군수 이런 식으로……. 회사랑 시스템이 똑같단 말입니다. 마을 싹 쓸고 정리하는 기 걸리봤자 얼마나 걸리겠습니꺼? 그런 건 식은 죽 먹기 아니라예. 그놈의 행정절차가 뭔지 지도 답답해 미치겠습니더!

S#65. 비대위실 / 저녁

양씨, 위원장, 부이장 앉아 있고.

두영은 맞은편에 앉아 있다.

청문회 분위기.

두영, 입술 언저리가 터져 있다.

양씨　　어디 입이 있으면 말을 해보라 안 카나.

두영, 몸이 아프다는 제스처.

부이장 ……아프기는 진짜 아펐는디, 그래도 그렇게 사라지면 우짜라고.

위원장 아니 허 이장, 이랄라고 이장 한다 캤나? 하필 이사까지 왔다매! 이…… 이 중대한 자리를 갖다가…… 그렇게 사라지면 어쩌란 건가? 얼굴은 또 와 그라노?

두영, 그저 몸이 아프다, 넘어졌다 제스처.

답답한 사람들.

위원장 허 이장. 이런 공직에 있는 사람은 아픈 것도 죄라 안 카나. 어? 아이고, 뭐라 말 좀 해봐 이 사람아!

양씨 어디 술 먹고 자빠져 있던 거 아이가?

부이장 ……아이고 성님, 그만하이소.

양씨 백날 농성하고 시위하면 뭐하노? 마을의 이장이라는 작자가 이래 헛짓거리로 만드는디! 자네 우리 마을하고 뭔 원수를 졌다고 이러는가? 내가 뭐랬노? 어? 내가 뭐랬노? 서울에서 온 것들 죄다 마을 분위기만 흐려뿌고 내빼뿌고. 이게 뭐 하는 짓이고 시부럴!

부이장 아이 성님, 진정 좀 하이소.

양씨 진정이 되나 진정이!

얼굴까지 시뻘게져서 격앙된 양씨.

점차 분위기가 더 험해지자, 양씨를 말리는 위원장과 부이장.

그때 책상을 뒤엎으며 일어나는 두영.

두영 아팠다잖아, 사람이! 죽다 살아났다고! 씨팔, 뭔 놈의 마을이……. 말을 말자, 말을 마러.

양씨 씨, 씨팔?

두영, 사실을 말할 수도 없고 그저 답답하다.

두영 죽을 뻔했다고! 내가! 아주 그냥 뒤질 뻔했어! (양씨 잡고) 요단강 건너 저승 갈 뻔했다고요!

비대위실 박차고 나가는 두영.

양씨 야, 허 이장! 허 이장! 이리 와봐. 뭐? 씨팔?

부이장과 위원장, 양씨를 잡아 말린다.

S#66. 두영 집 / 저녁

거실에 누워 친구들과 카톡 하는 은솔.

은솔, 단체 채팅방에 텃밭에 싹이 난 채소들 사진 보낸다.

두영, 집으로 들어오고.

은솔, 두영의 얼굴 본다.

은솔 아빠 얼굴 왜 그래?

두영 아직 안 잤어? 얼른 자야지.

은솔, 쫓아가 두영 방문 열고.

은솔 ……아니지? 또 그러는 거?

두영 아니야. 밥은 먹었어?

은솔 ……어. (문 닫는다)

S#67. 밭 / 낮

신씨 그라모 그날 열시에 가면 됩니꺼?

두영 보는 눈도 있으니까 적당히 맞춰 오세요. 너무 늦게만 말고요.

신씨 싸그리 다 데꼬 가요?

두영 몇 명인데요?

신씨 그건 정확히 모르겠네……. 내도 사람들이랑 얘기를 해봐야 하는디…….

신씨와 은밀한 대화 중인 두영.

S#68. 고급 일식집 / 낮

음식점에서 나오는 황 회장과 몇 사람들.
황 회장, 조폭의 느낌보다는 기업가처럼 보인다.
황 회장과 함께 나온 사람들 자리를 뜨자,
승표, 기다렸다는 듯이 황 회장에게 가서 은밀히 무언가 전하고.
황 회장은 얼굴 표정 변화 없이 고개를 끄덕이고,
승표의 어깨를 두어 번 쳐주고 차에 탄다.

S#69. 두영 집 안 / 밤

두영, 창밖을 은밀하게 살피다가 커튼을 홱 닫는다.
벽에 걸린 시계 열시가 좀 넘었다.

두영 나머지 분들은 언제 오신답니까?

신씨 이게 단데……?

두영의 집 거실, 신씨와 주민 세 명 더 앉아 있다.

두영 다라구요?

신씨 (끄덕)

두영 전에는 열 명 가까이 되는 것처럼 말하시더니.

신씨 아니, 우리 마을이 열아홉 가구인디 그중 넉시믄……. 아니지. 이장님네까지 열아홉 중에 다섯이믄……. 승산 있는 거 아입니까?

두영 싸인하시는 거예요?

주민 3 뭘 알아야 싸인을 하지. 건설사 놈들은 무작정 밀고 들어와야 한다 카지, 마을에서는 끝까지 버텨야 한다 카지. 아주 머리가 돌아삐긋다.

(몽타주 — 진지하고 긴장감 주는, 진품명품 같은 음악)
아주 중요한 협상을 하는 것처럼 둥근 탁자에 둘러앉은 두영과 주민들.
정상회담급의 진지한 표정들로 이야기가 오가고.
서류도 이리저리 뒤적이고.
서류 위에 그어지는 형광펜.
두들기는 계산기.
계속되는 언쟁, 타협, 휴식…….

주민 2, 탁자를 두 손으로 탁! 치면, 음악 끝난다.

주민 2 그니까 보상이 어떻게 되느냐 이 말이다. 우리가 서울 좋은 거 몰라가 이러는 줄 아나? 이곳이 나가 시집와 가꼬 반평생을 산 곳이다. 갑자기 나가라고 뽀끄레인 끌고 들어올 기믄 합당한 보상을 하라 이 말이다.

두영 왜 저한테 화를 내세요.

주민 2 보상이 어찌 되나, 그걸 알려달란 말이다. 딴소리해쌓지 말고.

두영, 서류를 펼쳐 보상 내역을 보는데…….
어지러이 적힌 숫자들. 두영은 뭐가 뭔지 모르겠다.
그 아래 양씨가 해둔 메모를 보는 두영.
토지 평당 평균 보상가 86만 원.

두영 양 이장님이 얼마라고 하셨어요?

신씨 얼마였드라 그거시…….

주민 3 ……나이가 먹으니까 기억이 재깍재깍 안 나.

신씨와 주민들, 눈치만 보며 정확한 금액 말 안 한다.

주민 4　　허 이장이 좀 시원하게 말 좀 해봐! 얼마가?

두영　　……. (눈치) 이백삼십요.

신씨　　이백삼십?

주민들 술렁인다.

술렁거리는 사람들 보다 탄력받은 두영.

두영　　대지냐 임야냐……. 창고용 부지냐 토지 용도에 따라 보상 금액이 다 다른데 그냥 이것만 생각하시면 됩니다. 평당 평균 보상가 이백삼십.

신씨　　양 이장은 우리한테 어째 그런 똥값을 불렀댜?

두영　　뭣도 모르고 그냥 말한 거죠 뭐. 팔십육만 원이 말이 됩니까?

주민 2　　양 이장은 무조건 북 치고 꽹과리만 쳐대면서 목소리만 높이면 다 해결되는 줄 알제.

주민 3　　허 이장, 확실한 기가?

두영, 서류를 내주며 애먼 숫자를 보여준다.

주민 3　　성님은 어떻노? 내는 손해 보는 것 같진 않은디.

두영　　(동의서 보며) 한말숙……. 말숙, 한말숙. 여기 있네. 여기 천사백삼십육번지 맞죠?

두영, 주민 3에게 동의서를 들이민다.

주민 3 (인감 꺼내며) 어떠요, 성님은?

주민 2 ……생각 좀 해보자고.

주민 4 무신 생각을 그래 해쌓노.

두영 어르신, 이런 건 생각을 하면 할수록 머리가 아픈 거예요.

주민 2 …….

두영 신씨 아주머니, 아주머니는…….

두영, 뒤돌아보면 이미 도장 찍고 있는 신씨.

신씨 (주민 2에게) 다른 사람들헌티 미안해서 그라요?

주민 2 ……미안할 게 뭐 있노. 다 갈 길이 있는 거제.

주민 2, 도장 찍는다. 이어 주민 3도, 주민 4도 찍는다.

신씨 고마워, 허 이장.

주민 3 밤늦게 미안혀. 굿나잇 하라고, 허 이장.

두영 조심히 들어가세요.

신씨 허 이장.

두영 ?

신씨 마을 사람들한테는 비밀로 해두라 당분간.

마을 사람들, 두영의 집을 나가고.

두영, 벽시계 보면 열두시가 다 되어간다.

동의서에 선명히 찍힌 세 개의 도장.

S#70. 회관 / 밤

부이장, 양씨, 위원장, 술을 마시고 있다.

부이장 아픈 사람한테 너무한 건 아니었나 싶기도 하고.

위원장 너무할 건 없었는디, 자네가 좀 흥분을 해가…….

양씨 충분히 흥분할 만한 상황 아니었나. 거서 입 꾹 다물고 있는 게 빙신이지. 마을을 위해서 내 청춘 다 헌신하며 산 사람 아이가 내가.

위원장 알지 그라모.

양씨 첨부터 맘에 안 들었어두……. 조월리 이장직까지 줬다 아입니까……. 생면부지 타지 사람한테 이장직이 가당키나 혀? 근데 내가 결단을 내렸단 말이여, 마을을 위해서! 그란데 그놈이 한 일을 좀 보소. 뭘 했나.

부이장 ……

양씨 ……내도 속상해서 그랬다 속상해서.

S#71. 두영 집 / 이른 아침

동이 막 트고 있는 시각.

주방에서 분주히 요리를 하는 은솔의 뒷모습.

뭘 만드는지는 몰라도, 다양한 요리 재료들.

손놀림만 보면 엄청난 요리가 나올 것 같다.

S#72. 두영 집 안 / 아침

하품하며 방에서 나와 주방으로 오는 두영.

식탁에 무언가 차려져 있다.

음식 덮개 걷어보면. 서툴게 차려진 음식들.

미역국도 있다.

두영, 찬찬히 음식을 살펴보는데…….

이건 서투른 것을 넘어 엉망인 수준.

그래도 두영은 무언가 울컥한다.

두영 역시 아들보다 딸이야.

두영, 식탁에 앉아서 못생긴 주먹밥을 먹어본다.

S#73. 마당 / 오전

호스로 텃밭에 물 주는 두영.
채소들 싹이 다 텄다.

두영 알아서 잘도 자라네.

처음 심을 때와 그대로인 라일락 묘목에도 물을 준다.

S#74. 회관 / 오후

마을 사람들, 은솔의 주도하에 두영의 깜짝 생일 파티를 준비하고 있다.

신씨 니 미역국은 끓일 줄 아나?
은솔 요새는 인스턴트 미역국도 먹을 만해요.
주민 은솔이 아니었음 이장님 생일도 모르고 넘어갈 뻔했네.
은솔 저도 아빠 생일 처음으로 챙겨봐요.

양씨 (들어오며) 아부지 있을 때 잘해드려라. 안 글면 나중에 후회한다.

신씨 참 내……. 안 올 것처럼 하드만 왔구만. 풍선 좀 빵빵하게 바람 좀 넣어보이소.

양씨 (바람 넣고) 은솔아, 이만하면 되겠나?

S#75. 신정건설 회장실 / 저녁

황 회장 그래서 강 이사 생각은?

승표 ……죄송합니다, 회장님.

황 회장 아냐. 난 정말 강이사 계획이 듣고 싶은데.

승표 …….

황 회장 승표야.

승표 ……예, 형님.

황 회장 니가 두영이 몫을 못하는구나.

승표 …….

S#76. 두영 집 / 저녁

밖이 어둑어둑해지고 있다.

두영, 남겨둔 주먹밥을 집어 먹는다.

두영 애는 생일상만 차려놓고 나가서 오질 않어.

밖에서 현관문 두드린다.

두영, 문 열어보면 서 있는 신씨와 주민 2.

S#77. 마을회관 , 안쪽 방 / 저녁

신씨 여기서 쪼매 기다려보이소.

두영 (도장 찍는 시늉) 또 누가 찍는데요?

신씨 쉬, 쉬. (손가락 입에 가져다 대며)

두영 아님 말구.

신씨, 손사래 치며 미닫이문 너머 안쪽 공간으로 들어간다.

홀로 남겨진 두영.

그때, 회관에 불이 깜빡거리더니 팟 나가고.

두영 뭐야.

두영, 곧 켜지겠지 싶어 멀뚱멀뚱 앉아 있다.

두영이 앉은 자리에서 보이는 회관 창 너머 하늘.

별이 많다.

두영 별 참 많네……. 이쁘네. 신씨 아주머니 서울 가면 이런 거 못 봐서 아쉽긴 하겠네요. 생각해보니까 서울은 다 있는데 이 별이 없네, 별이……. 그래도 별 빼고 다 있는 곳이 서울 아닙니까. 서울엔 이런 코딱지만 한 회관이 아니라 삼 층짜리 아니 오 층짜리 주민센터. 이런 거지. 예를 들면, 조월동 주민센터! 거기서 꽃꽂이도 배우고, 유명한 작가가 와서 강의도 하고, 노래 교실도 있고…….

두영, 아무런 기척도 안 들리자 뒤돌아보는데.
두영의 등 뒤, 반투명 미닫이문 너머로 너울거리는 불빛.
두영, 불난 줄 알고 놀라서 퍼뜩 일어나 미닫이문 열면
마을 주민들, 케이크에 촛불 켜 들고 있다.

두영 …….

두영의 말 때문에 어색해져 있는 분위기.
양씨, 위원장, 부이장 포함한 마을 사람들 신씨를 흘끗 쳐다보고.
마을 주민 2, 3, 4 어쩔 줄 몰라 한다.
케이크를 들고 서 있는 은솔 때문에 다들 난감함을 숨기고 있다.
신씨, 생일 축하 노래를 부르기 시작하자 다들 따라 부른다.

두영 ……….

부이장 이장님 놀랬어?

두영 뭘 이런 걸.

신씨, 두영의 얼굴에 생크림을 묻히자 다 같이 웃는 마을 사람들. 하지만 양씨, 부이장, 위원장과 신씨, 마을 주민 2, 3, 4 사이에 흐르는 어색함.

두영 제 생일을 어떻게 알고.

부이장 허 이장이 딸내미 하나 똑띠 둬서 호강한다.

위원장 소 한 마리 잡아야 하는 거 아닌가 몰라.

두영 케익 같이 드시죠.

양씨 아 거기 케익에 써 있잖어. 축 허 이 장! 주인이 가져가야지.

두영 ……….

촌스러운 생크림 케이크. 궁서체로 '축 허 이 장' 쓰여 있다.
부이장, 양씨에게 눈치 준다.

양씨 (굳은 얼굴) 허 이장, 일전 일…… 말여, 거시기 했네. 맘에 담아두지 마러.

양씨, 툭 던지듯 말하고 회관을 나간다.

부이장 생일 축하해요.

마을 사람들 다들 두영에게 생일 축하한다고 한마디씩 건넨다.
하지만 분위기가 어색한 마을회관.
은솔, 무언가 어색한 분위기에 회관을 나가버리고.
두영도 가시방석에 앉아 있다가 회관을 나간다.

S#78. 마을회관 안팎 / 저녁

양씨(V.O.) 그니께 아까 허 이장이 한 말이 무신 말이냐꼬.
신씨(V.O.) 혜정이가 서울에 있다 아입니까. 혜정이 보고 싶다꼬 몇 마디 씨부린거 가꼬 그라네 참.
양씨(V.O.) 앞뒤가 안 맞다 아이가 이 사람아.
신씨(V.O.) 안 맞긴 뭐가 안 맞는다 카요.
양씨 누굴 호구로 아는 기가 지금.
신씨 양씨네야말로 와 그리 시비를 걸어쌓노.
양씨 시비?
신씨 할 말은 하자고. 서울 양반 마을에 발 들일 때부터 그래 험담 해쌓더니 이장직까지 넘가놓고 뭐 하는 긴데? 그럴 거면 이장을 시키지 말든가! 허 이장이 그렇게 못 미더우면 일전부터 양씨네가 일을 똑띠 했어야 할 거 아입니까!

양씨 내 일을 똑띠 못한 건 뭐가 있노! 내가 마을을 위해서 삼십 년 청춘을 바친 사람이야!

사람들 싸움을 말리려는데 언성이 점차 커간다.

신씨 하이고……. 그놈의 삼십 년 청춘 타령 와 안 나오나 했다. 지겨워 죽갔다. 사람 그래 안 봤는데 참 뻰뻰해도 이래 뻰뻰할 순 없는 기라. 마을 사람 싸그리 몽땅 바보천치 맹글어놓고 지금 어따가 큰소리고!

양씨 이 사람아, 말을 알아먹게 해라!

신씨 그럼 서울서 여까지 온 양반이 뭐가 부족해가 우리한테 사까리를 치겠노! 안 그렇습니꺼?

주민 2, 3, 4 고개를 끄덕이고.

양씨 사까리? 지금 무슨 뭔 말을 해쌓노!

밖에서 듣던 두영, 문고리에서 손을 떼고 회관을 떠난다.
불투명 유리로 되어 있는 회관 문 너머,

돌아서 가는 두영의 모습을 보는 회관 안 마을 사람들.
신씨가 쫓아나온다.

S#79. 마을 골목 / 저녁

두영을 따라 나온 신씨.
두영, 신씨가 따라오는 걸 알면서도 담배만 피우며 걷는다.

신씨 허 이장! 내 좀 보이소! 그라고 가뿌면 우린 우짜란 말이고!

두영, 담배만 뻑뻑 피워대다가 신씨에게 간다.

두영 보상금 얘기 누구한테 했어요?
신씨 ……안 했다. 할 사람이 누 있노. 도장 찍은 사람이 우리뿐인디…….
두영 도장 찍을 사람 더 있어요?
신씨 내야 모르제…….
두영 지금 다 된 밥에 코 빠뜨려놓고 모른다는 말이 나와요?
신씨 ……아니 허 이장. 참말로 말 이상허게 하네. 내가 그래 비밀로 해달라꼬 어제…….

두영 (말 끊으며) 됐고. 가서 보상금 얘기 하고 도장 찍을 사람 셋 데려와요. 둘은 내가 어떻게 해볼 테니까.

신씨 …….

두영 아시겠어요? 셋. 과반수 넘으면 게임 끝이니까.

S#80. 두영 집 안 / 밤

두영, 집으로 들어왔는데 은솔이 안 자고 있다.

두영 아직 안 잤어?

은솔 …….

두영 아침에 미역국하고 주먹밥 맛있더라. 미역국은 어떻게 알고 끓였어?

은솔 …….

두영 은솔이가 깜짝 파티 하자고 했다며. 아빠는 진짜 상상도 못…….

은솔 가는 거야 우리?

두영 어딜 가?

은솔 속일 생각 하지 마. 나도 다 알아.

두영 아니야, 가는 거 아니야, 아직.

은솔 아직?

두영 ……. (은솔 쪽으로 몸 틀어 눈 마주치며) 은솔이 너 여기서 살 수 있어? 너 친구들 맨날 보고 싶잖아. 응? 여기서 못 살아, 은솔아.

은솔 …….

두영 서울에 좋은 집 두고 왜 여기서 살아. 안 그래?

은솔, 방으로 들어간다.

은솔, 자신의 방 창 너머로 마당을 본다.

마당에 서 있는 라일락.

아직 꽃도 피지 않고 처음 사 왔던 그 모습 그대로다.

S#81. 군청 앞 / 낮

군청에 벤츠 들어오고, 내리는 황 회장과 승표.

시위하던 사람들 황 회장이 오자 격렬해진다.

"자연 파괴 농민 파탄! 골프 사업 철회하라 철회하라!"

선두에서 메가폰 들고 외치는 위원장.

S#82. 군수 사무실 / 낮

군수 이렇게……. 또 회장님 발걸음 하게 해서 정말 송구스럽습니다.

황 회장 별말씀을요. 제가 더 내려와봤어야 했는데. 그러면 일이 이 지경이 되지는 않았을 텐데 말이죠.

군수 아입니……. 예?

황 회장 군수님.

군수 ……예.

황 회장, 일어나 군수 사무실을 천천히 탐색하듯 둘러보며 걷는다.

황 회장 군수님이 갖고 계신 그 착한 천성이 말입니다. 그게 큰일을 할 때 걸림돌이 되는 겁니다.

군수 무슨 말씀이신지…….

황 회장 결정적 순간에 크나큰 실수를 저지른단 말이죠. 그래서 가끔은 저 같은 사람도 필요한 겁니다.

군수 …….

황 회장, 군수에게 다가가서 손을 내민다.

황 회장 잘해봅시다.

군수 ……예? 아 예! 예, 회장님!

군수, 벌떡 일어나서 허리 숙여 악수한다.

S#83. 군청 앞 / 낮

군청 앞에서 대기하고 있던 부하 3, 4.

전화를 받더니 차를 타고 군청을 빠져나간다.

그 모습을 보고 있는 위원장.

S#84. 두영 집 안 / 낮

신씨, 마을 사람 셋 더 데리고 왔다.

두영이 동의서를 내밀면 도장을 찍는 사람들.

동의서에 총 일곱 개의 도장이 찍혔다.

S#85. 군청 앞, 마을 / 낮

군수와 황 회장, 건물에서 나온다.

다시금 목이 터져라 외치며 시위하는 사람들.

황 회장, 눈길 한번 주지 않고 벤츠에 탄다.

황 회장 차가 빠져나가자 양씨에게 전화를 거는 위원장.

(CUT TO)

길가에서 트랙터 손보고 있는 양씨.

양씨 주머니에서 진동이 울리는데 양씨, 못 듣는다.

부하 3 어르신, 안녕하십니까?

부하 4 ?

부하 3 여기 이장님 댁이 어딥니까?

양씨 (시선 거두며) 우리 마을은 이장이 없는디.

공구를 챙겨 일어나 트랙터에 올라타는 양씨.

양씨 짤리뿌따! 오늘부로 그 양반.

부하 3, 4, 서로 얼굴 보며 혼란스러운 모습.

부하 3 그럼 지금…… 이장이 누굽니까?

양씨 누신데 이장을 찾아쌓노? 와? 내 이장 한 번 더 해 묵을라꼬! 사람들이 말이야……. 뱃속에 뭔 놈의 뱀이 드글드글한 게……. 이제 내는 아무도 못 믿겠다 이기라!

양씨, 역정 내며 트랙터에 시동 건다.

(CUT TO)

위원장 와 전화를 안 받노……. 어! 어, 여보세요?

(CUT TO)

양씨 여보세요?

(CUT TO)

위원장 별일 없제, 마을에?

(CUT TO)

양씨(V.O.) 성님, 내 이장 한 번 더 할라요. 내 이대로는 포기 못 한다 아입니까……. 이 마을에 바친 내 삼십 년 청춘이 아까와가 내 이대로는 못 그만둡니다.

덜덜덜 소리 내며 가는 양씨의 트랙터.

S#86. 파출소 안팎 / 낮

마을을 돌아다니는 부하 3, 4 모습 CCTV로 보는 성희.

S#87. 두영 집 / 낮

부하 3, 4, 두영 집 앞에 선다.

서로 눈짓 주고받더니 담 넘어 들어간다.

S#88. 광녀 집 / 낮

광녀 집으로 들어서는 두영.

광녀 모는 없고 광녀 홀로 평상에 앉아 있다.

살짝 움찔하는 두영.

동의서 들고 가 옆에 앉는다.

광녀 (두영 손 보며) 곧 손톱이 다 빠지겠구만. 손톱이 다 빠지고 피를 질질 흘려봤자……. 니가 드가 있는 구뎅이가 너무 깊다. 우짤라 그라노?

두영, 무시하고 동의서를 편다.

두영 어머니 어디 가셨어요?

광녀 내는 모르겠다.

두영 저번에 어머니가 여기 도장을 찍으신다고 했거든요.

광녀 내 도장 어디 있는지 모른다.

두영 (주머니에서 인주 꺼내며) 지장 찍으세요, 그럼.

두영, 광녀의 손을 잡아 억지로 인주를 묻힌다.

광녀 (호통) 놔 이놈아!

광녀, 두영을 뿌리치더니 순순히 지장을 찍는다.

광녀 니는 다음 생에 짐승으로라도 날 기회를 발로 차 뿌리는 기라.

두영, 광녀 집을 나간다.

S#89. 두영 집 / 낮

학교 갔다 돌아온 은솔.
대문을 열었는데 텃밭이 난장판이 되어 있다.
올라오던 채소들 다 뭉개져 있다.
누가 밟고 지나간 흔적.
은솔, 성희에게 전화를 건다.

S#90. 양씨 집 / 낮

두영, 양씨 집 앞에 선 트랙터 본다.
키도 그대로 꽂혀 있다.
두영, 동의서 한번 펼쳐보면 도장 아홉 개 찍혀 있다.

두영 아저씨!

집으로 들어서는 두영.

(CUT TO)

양씨, 광에 앉아 있다.

머리카락이 산발이 되어 있고 옷의 목이 다 늘어나 있다.

부하 3, 양씨에게 소리 내면 죽인다는 손짓.

양씨, 멍 하니 앉아 있다.

부하 4 손에 들려 있는 양씨의 인감.

부하 3, 4, 두영의 동선을 살핀다.

(CUT TO)

두영, 대문 넘어 들어온다.

광을 그냥 지나쳐 곧장 양씨의 집으로 가 현관문 두드리는 두영.

두영 아저씨! (현관문을 당겨보는데 잠겼다) ……없나?

뒤에서 두영을 습격하는 부하 3, 4.

갑작스러운 공격에 두영, 바닥으로 내동댕이쳐진다.

두영이 들고 있던 동의서 든 서류, 저만치 멀리 떨어진다.

부하 3, 뒤에서 두영의 얼굴을 우악스럽게 잡고.

부하 4, 두영의 앞으로 와서 복부를 가격한다.

양씨 집 마당에서 일어나는 싸움.

두영, 부하 3을 잡아 깔아뭉개면,

부하 4가 두영을 잡아떼고…….

그사이 부하 3이 도망가면,

두영, 부하 4를 잡아 때리고…….

잡고 잡히며 마당에서 뒤엉키는 건장한 남자들.

두영, 살아야겠다는 발악에 가까운 싸움처럼 보이기도…….

그때, 멀리서 들리는 경찰차 사이렌 소리.

세 남자, 이쪽으로 오는 줄 알고 초긴장.

그런데 두영의 집 가는 골목으로 방향 틀어 가는 경찰차.

(CUT TO)

경찰차에 성희와 장 경위.

두영의 집으로 경찰차를 몰고 간다.

(CUT TO)

잠깐 싸움이 멈춘 사이, 그 와중에 부하 4 기어서 동의서 손에 쥔다.

두영, 낫을 집어 든다.

두영의 돌발 행동에 거리를 두며 주춤주춤하는 부하 3, 4.

부하 4, 손에 동의서 들고 있다.

두영 사람 좀 그만 괴롭혀라 어? 이 새끼들아. (부하 4에게) 너 그거 내려놔.

부하 3, 4도 품에서 칼을 꺼내 든다.

두영 (낫 휘두르며) 평생! 강승표 똘마니나 하면서 살 새끼들! 강승표가 살려서 잡아오라던 죽여서 끌고 오라던?

부하 3 저 새끼 지금 뭐라냐?

두영 멍청한 새끼들아……. 니들 그러고 살다가 팽 당해서 한번 빵 들어가면 빛도 못 보고 인생 종 치는 거야 이 새끼들아…….

부하 4 팽?

부하 3 아! 아, 아, 내 정신 좀 봐라……. 우리가 소개가 늦었네. 형님, 저희 황 회장님 밑에서 일하고 있습니다.

두영 ……?

부하 3 팽은 니가 당한 게 팽이라고, 이 븅신 새끼야.

두영 니들이 살고 싶어서 회장님까지 팔아먹는구나. ……그거 내려두면 니들은 살려준다.

부하 3 허 이사. 불쌍해서 알려주는 거야 이 새끼야, 어? 저승 가서 내가 왜 죽었나…… 모르고 있으면 얼마나 억울하겠어. 신정건설 황 회장에게 팽 당하고 뒤진 거라고 이해됐지?

(CUT TO)
그 모습을 광에 우두커니 앉아서 쭉 지켜보던 양씨.

양씨 (중얼) 니들이 어떻게 알긋나, 내 삼십 년 청춘을…….

(CUT TO)
부하 3, 4 두영 쪽으로 점차 좁혀 오는데…….
버림받았다는 사실을 알고 혼란스러운 두영.
낫을 사정없이 휘두르며 발악한다. 그때,

양씨 부인(V.O.) 여보!

목소리에 부하 3, 4와 두영 모두 고개를 돌려 보면.
옆으로 쓰러져 있는 양씨.
두영, 양씨의 모습에 넋이 나가 있는 사이에 부하 4, 두영의 옆구리를 찌른다.

그대로 바닥에 고꾸라지는 두영.

고꾸라지는 두영, 시선은 계속 양씨를 보고 있다.

부하 3, 4, 허겁지겁 양씨 집을 나가는데, 마을 주민들 양씨 집 앞에 몰려 있다.

위원장 자네들! 뭐 하는 사람들이고?

부하 3, 부하 4 손에서 동의서 뺏어서 마을 사람들한테 보여준다.

부하 3 보이지? 당신들이 직접 찍은 거야 이거. 당신들 이장이 우리한테 넘긴 거니까 우리 원망할 생각 말고……. 이사 갈 준비나 싸게 싸게들 하라고.

멀리 사이렌 소리 들리고, 응급차와 경찰차 오고 있다.

부하 3, 4, 황급히 자리를 뜬다.

(CUT TO)

두영을 바라보고 있는 마을 사람들. 그 사이에 서 있는 은솔.

두영, 바닥에 쓰러진 채로 눈이 감긴다.

S#91. 황 회장 차 안 / 낮

부하 3	확실히 숨이 끊어졌는지 확인은 못했습니다. 영감탱이 하나가 자살을 하는 바람에…….
부하 4	……확실히 처리를 안 해도 괜찮을까요, 회장님.
황 회장	이장인데, 마을에 좀 더 있어야지. 수고했다. (전화) 군수님, 작업을 진행하시죠.

S#92. 몽타주 / 낮, 밤

마을로 들어오는 포클레인.

마을의 밭과 시설을 무작정 부순다.

밤낮 할 거 없이 과수원 때려부수는 용역들…….

동의서를 들고 마을 사람들을 찾아가는 변호사.

마을 사람 중 몇은 자발적으로 동의서에 도장을 찍는다.

죽은 마을처럼 조용하다.

S#93. 두영 집 안 / 낮

처음 이사 왔을 때처럼 텃밭이 다 망가져 있다.

아직 몸이 성치 않아 보이는 두영, 은솔 방문 연다.

두영 은솔아, 짐 싸 가자.

은솔 안 가. 아빠 혼자 가.

두영 가야지 은솔아…….

은솔 ……아빠 주변엔 항상 문제가 있어. 안 좋은 일이 커지고, 이상한 일에 휘말리고. 아빠는 그래. 다른 사람들한테는 평생에 한 번 생길까 말까 한 그런 정말 이상하고 정말 기분 나쁜 일들 있잖아. 그런 게 아빠 주변에는 너무 당연하게 일어나. 항상.

두영 은솔아.

은솔 그래서 있잖아 아빠, 나는 이제 아빠 주변에 있기 싫어. 이제 엄마를 좀 이해하겠네……. 엄마도 두렵고 무서웠던 거야. 아빠 옆에 있으면 언제 나쁜 일이 생길지 모르니까.

두영 은솔아……. 아빠 말 좀 들어봐.

은솔, 방을 나간다.

S#94. 군수 사무실 안팎 / 낮

군수, 황 회장, 승표, 변호사, 군청 직원 몇 앉아 있다.

변호사 동의서를 받아내는 데 있어서 문제가 조금 있긴 했지만, 그런 문제는 어디나 다 겪는 거 아니겠습니까?

군수 그람요. 맞는 말씀이십니다.

변호사 서류상의 문제는 없어 보이구요, 일을 진행하시면 될 것 같습니다.

군수 박 계장, 마을 분위기는 지금 어떤가?

직원 아직 사람들이 남아 있기는 한데, 동의서 받아내면서 시일을 알려줬으니 맞춰서 다 나갈 겁니다.

군수 (황 회장에게 악수) 수고하셨습니다, 회장님.

황 회장 군수님이 수고가 많으셨습니다.

군수 그라믄 기공식 날 뵙겠습니더.

황 회장 먼저 나가고, 승표도 뒤따라 나간다.

(CUT TO)

황 회장 (승표 어깨 두드리며) 수고했어.

승표 회장님이 나서지 않으셨으면…….

황 회장 됐어. 일 끝까지 마무리 잘 지어, 강 이사.

(CUT TO)

변호사, 서류 정리하며 일어나다 말고 고개를 갸웃한다.

군수　　　와, 뭔 문제 있습니까?

변호사　　아니요. 별문제는 아닌데 이장 이름이 허두영 아닙니까?

군수　　　맞아요, 허두영이.

변호사　　(동의서 이리저리 돌려보며) 이게 허두영이 아닌데.

군수, 동의서 보면.

동의서 맨 하단에 공식 문서를 증명하기 위해 사인하는 난에 찍혀 있는 도장.

두영의 도장이 아니라 양씨의 도장이다.

군수　　　아……. 이게 우째 설명을 해야 하노. 양 이장이 임기를 다 안 채우고 허씨한테 이장직을 위임했습니다. 그니까 여에…… 도장을 찍은 건 양씨 가 맞는데. 와 이게 문제가 됩니까?

변호사　　문제가…… 될 수 있죠. 그럼 지금 이장이 정확히 누굽니까?

군수　　　허두영이.

변호사　　양씨는요.

군수　　　죽어뻿다 아입니까!

S#95. 두영 집 앞 / 저녁

두영, 안 가겠다는 은솔과 실랑이를 벌이고 있다.
차에 짐을 싣는 두영.

두영 안 가면 어떡할 건데……. 여기서 살 거야?

은솔 아빠랑 서울 갈 바엔 여기서 죽이 되든 밥이 되든 혼자 있는 게 나아.

두영 빨리 타, 너. 아빠 화내기 전에.

S#96. 파출소 / 저녁

파출소 안으로 헐레벌떡 들어오는 군수.

군수 여…… 허, 허두영이 어디 있습니까?

성희 무슨 일이신데요?

군수 아가씬 알 거 없고! 허두영이 어딨냐꼬!

성희 다시 한 번 말씀해보세요.

군수 ……?

성희 아가씨요?

군수 ……아, 아이고, 순경님이셨네. 무쟈게 잘빠져가…… 아가씬 줄 알았으요, 허허. 허두영이 어디 있습니까, 아가…… 아, 순경님.

성희 성희롱 여지가 있는 말 하신 거 아십니까?

군수 성희롱이라니! 말조심하이소!

성희 사과하시죠.

군수 사과는 무신……. 미안할 말을 했어야 사과를 하지! 허두영이 어딨냐꼬!

성희 지금 성희롱에 공무 집행까지 방해하시는 겁니까?

군수 하……. 아니……. 하 참……. 순경님 지금 내 목숨이 위태위태하니께 협조 쫌만 부탁드립니다.

성희 어떠한 이유로 이장을 찾는지 말씀해주시면 협조해 드리겠습니다.

군수 지금 마을 이장님 도장이 필요하다 아입니까. 주민들이 여 꼴프장 개발에 다 적극적으로다가 동의를 했는데 이장 도장이 없어가 개발이 안 되모 이, 이…… 말이 안 된다 아입니까.

성희, CCTV로 두영의 차 마을을 나가는 걸 본다.

성희 그런데 이장님은 마을을 떠나셨는데요.

군수 ……니 내랑 지금 장난하는 기가?

성희 정말입니다. 가보시죠 저랑 같이.

S#97. 두영 집 앞 / 저녁

성희, 군수와 함께 두영 집으로 간다.

군수, 비어버린 두영 집 앞에서 허무하다.

성희 보셨죠?

군수 ……어데로 갔는지 아십니까?

성희 다시는 안 돌아온다고 하고 갔어요.

군수 ……참말입니까?

성희 마을을 이 지경으로 만들어놓고 다시 돌아오겠어요?

군수 하기사……. 돌아오믄 그건 사람도 아이지! (마음이 한결 나아졌다) 그라믄 수고하십쇼.

성희 군수님.

군수 ……?

성희 사과는 하고 가셔야죠, 저한테.

S#98. 두영 집 안 / 저녁

두영 집 안으로 들어와 보는 성희.

엉망된 텃밭을 본다.

조금 비스듬히 스러졌지만 아직 괜찮아 보이는 라일락.

성희, 라일락을 반드시 세운다.

S#99. 두영 차 안 / 저녁

은솔 핸드폰 울린다.

확인해보면, 성희가 보낸 사진.

“내년 봄에 꽃 필 것 같네.”

라일락 묘목, 엉망이 된 텃밭 곁에 살아 있다.

은솔 아빠.

두영 ……?

S#100. 파출소 / 저녁

파출소 탕비실 서랍을 열고 알 수 없는 검은 물체를 꺼내는 성희.

두영 뭡니까 이게.

성희 마을을 구할 방법이오.

(CUT TO)

파출소 뒤뜰에서 성희, 검은 물체의 발사 버튼을 누르자 순식간에 훅 하고 나가는 그물총.

두영 벙쪄 보면.

성희 말했잖아요. 대학 때 이것저것 많이 했다구요.

두영 뭘 하고 다녔길래…… 이런 게 있습니까?

성희 야생 동물 보호 단체에서 일했었어요. 어떠세요?

두영 그물총, 더 구해봅시다.

S#101. 군수 사무실 / 저녁

직원 그럼 문제없이 그냥 진행하면 되는 겁니까?

군수 그래, 진행해라. 혹시 이 변호사가 뭐라 씨부리면 성의 좀 표해서 살살 달래라.

S#102. 파출소 / 저녁

작은 조월리 파출소 앞에 순찰차 세 대가 서 있다.
새마을금고 달력 뒷면에 빼곡하게 황가파 조직도를 그린 두영.

두영 신정건설이라는 합법 기업을 운영하고 있지만 이거 안을 들여다보면 죄다 깡패 새끼들입니다. 일단 무조건 잡고 보면, 횡령에다 폭력, 사기, 그냥 줄줄이 노다집니다. 여기 순경님들, 그냥 진급은 떼 놓은 당상이라고 생각하세요.

두영 말에 순경들,

진급? 진급이라? 나? 이 나이에? 진급하면 좋은 거지 뭐 나이가 어디 있어? 수군수군…….

두영 황 회장 바로 아래, 강승표가 있습니다. 운이 좋아 이사 자릴 꿰차긴 했지만, 결과적으로 보면 운이 나빴던 거네요. 이 새끼는 (나이가 좀 든 순경을 가리키며) 순경님이 맡으셔도 될 것 같습니다.

노 순경 내가 왕년에 좀 하긴 했제. 근데 이장님은 어째 그래 잘 아십니까? (주변 순경에게) 거의 검찰 브리핑 수준인디 보니께…….

두영, 목이 타는지 물만 마신다.

S#103. 몽타주 / 밤

매일 밤마다 조월리에 모이는 순찰차들.

야식을 먹으며 동선을 그려보는 두영.

적진에 깊숙이 침투하는 위장 경찰처럼 진두지휘한다.

S#104. 마을 / 밤

내일 기공식이 있을 자리에서 리허설 해보는 순경들과 두영.
평균 연령대가 많지만 다들 열혈청춘처럼 팔을 걷어붙였다.

두영 박 경위님! 더 왼쪽으로 서주세요! 네시 방향이 뚫려 있습니다! 예 예, 다들 십 보 뒤로 물러나 보겠습니다! 예! 좋습니다! 내일도 이대로만 가면 문제없을 것 같습니다.

S#105. 마을 기공식 현장 / 낮

기공식 아침.
잘 빠진 세단들 속속들이 마을로 들어오고.
군수, 관계자들, 신정건설 사람들 서로 인사를 나누느라 바쁘다.

(CUT TO)
두영은 기공식을 볼 수 있는 근처 집에서 몸을 숨기고 있다.
대신 무전기로 지시를 내리는 두영.

두영 (무전기에 대고) 여덟시 방향이오.

(CUT TO)

성희 (무전기) 알겠습니다. (박 경위에게) 경위님! (왼쪽으로 더 가달라는 제스처)

황 회장을 중심으로 왼편에는 군수, 오른편에는 승표가 서 있다.
리본 커팅 하고, 동시에 하늘로 터지는 화려한 폭죽.

직원 기념사진 찍고 준비해둔 음식 드시면 됩니다!

사람들 기념사진 찍으려 한데 모인다.

두영(V.O.) 준비해주세요.

성희, 순경들에게 준비하라는 수신호를 보낸다.
경찰봉과 그 뒤에 함께 숨겨둔 그물총을 꽉 쥐고 자세를 바로 잡는다.

두영(V.O.) 지금.

두영의 지시와 함께 촤악 뻗어나가는 그물총.
총 다섯 개의 그물총 중 두 개만 멋지게 뻗어나간다.
다른 그물총, 어찌된 일인지 발사가 제대로 안 되고 3미터 앞에서 축 처지고 만다.

하필 그물에 걸린 부하 2와 군수, 그물 속에서 바동거리고.

바동거릴수록 더 엉켜 군수와 부하 2 가까이 들러붙는다.

거의 입술이 닿기 일보 직전.

군수 에? 이…… 이기 뭐꼬!

신정건설 조직원들 경계 태세를 갖추고,

순경들을 향해 천천히 다가온다.

순경 손들어.

조직원 가스총? 우리는 차 안에 엽총이 있어 이 양반아.

조직원들, 순식간에 순경들을 제압하고, 아수라장이 되는 기공식 현장.

(CUT TO)

상황을 지켜보고 있는 두영.

기공식을 지켜보던 마을 사람들의 당황스럽고 실망한 얼굴이 보인다. 황 회장은 자신의 차 쪽으로 움직이고 있다.

두영, 집을 나와 기공식 현장으로 뛰어간다.

(CUT TO)
빠르고 리드미컬한 음악 흐르며,
두영, 맨주먹으로 조직원들과의 사투를 벌인다.
날렵한 몸놀림으로 조직원들을 하나씩 쓰러뜨려가며 황 회장에게 다가간다.

(CUT TO)
한쪽에서는 노 순경이 승표와 일대일로 붙고 있다.
헛주먹 날리는 승표의 모습. 애잔하다.
노 순경, 승표를 한방에 제압해 수갑을 채운다.

노 순경 왕년에 주먹 좀 썼다 아이가.

기절했는지 쓰러진 승표에게 수갑을 찬 채로 다가오는 부하 2.
그동안 승표에게 무시당했던 걸 푸는 듯 엉덩이를 발로 걷어 찬다.

부하 2 너 때려보는 게 소원이었다.

(CUT TO)
무서운 속도로 황 회장 차까지 다가간 두영.
간발의 차로 황 회장의 차 출발한다.

두영, 황 회장의 차를 쫓아가보지만 역부족이다.

두영, 지름길을 이용할 생각으로 산길로 달린다.

S#106. 마을 길 / 낮

황 회장, 액셀을 밟아 운전한다.

적잖이 당황했는지 차가 이리저리 위태롭게 흔들린다.

(CUT TO)

산길을 달리는 두영.

황 회장의 차 다시 보이기 시작한다.

한참 달리다가 갑자기 뚝, 멈춰 서는 두영.

멈춰 서서 숨을 돌리고 천천히 산길을 걸어 내려간다.

(CUT TO)

급브레이크 밟는 황 회장.

앞을 보면, 트랙터가 앞을 막고 있다.

후진하려는데, 경운기가 뒤를 막고 있다.

황 회장 ……!

두영, 아무 말 없이 황 회장 차로 걸어가 운전석 문을 연다.

황 회장에게 다가오는 성희.

성희, 황 회장을 체포한다.

성희 당신은 묵비권을 행사할 수 있으며 불리한 진술을 거부할 권리가 있습니다. 또한 변호사를 선임할 수 있습니다.

부이장 (버럭) 깡패 잘못 건드리면 안 되는 기라.

신씨 어느 깡패 말하는 기고?

부이장 …….

신씨 허 이장 말하는 기고, 저놈아 말하는 기고?

경찰차 줄지어 마을을 빠져나간다.

과수원에 꽃이 흐드러지게 피어 있다.

S#107. 마을 어귀 / 저녁

두영, 큰 트렁크를 싣고 있다.

은솔은 차에 작은 캐리어를 싣고 있다.

두영 곁에서 은솔, 꾸벅 인사를 한다.

마을 사람들, 조심히 가라고 한두 마디씩 건넨다.

부이장 운전 조심해라.

위원장 갈라는 데 연고는 있는 기가?

두영 여기선 뭐 연고가 있어서 살았나요.

은솔, 차에 올라탄다.

두영 (차 문 열고) 갈게요.

신씨 저녁은 묵고 가나?

두영 가다 먹으려고요

신씨 휴일이라 막힐 낀데.

두영 …….

신씨 마지막으로 한 끼 묵고 가라.

먼저 회관으로 들어가는 신씨, 그 뒤를 마을 사람들이 따르고.
차에 타려고 열었던 차 문을 도로 닫는 두영.

두영 (은솔에게 사투리로) 밥 묵고 가자.

두영과 은솔, 마을 사람들을 따라 회관으로 들어간다.

- The End -

로마의 휴일

| 시놉시스 |

주제

연인은 '나와 같은 사람'이 아니라 '내가 이해 할 수 있는 사람'이다.

작의

연애, 남남이 만나 하나가 되어가는 과정은 쉽지 않다. 각자가 가지고 있는 가치관과 생각을 상대에게 설득하려 하고 그에 실패해 생기는 오해와 헤어짐. 하지만 모두가 안다. 연인을 '나와 같은 사람'으로 만드는 것이 아니라, 관계의 최선은 '서로를 이해하는 것'이라는 것을. 여기, 그런 연인을 이해하려는 한 여자의 이야기가 있다.

| 인물 소개 |

우성희(29)

어린이 도서 출판사에서 일한다. 큰 굴곡 없이 무난한 인생을 살고 있다. 연애관이 매우 자유로운 아버지와 단둘이지만 평범한 가정 부럽지 않은 사랑을 받고 자랐다. 자신을 아껴주는 아버지를 사랑한다. 하지만 마음 한구석엔 아버지와 같은 삶에 거부반응을 갖고 있다. 그래서인지 가정에 대한 자신도 모를 집착과 혼전순결을 고집한다. 이성적이고 주관이 뚜렷하며 자신의 신념을 중요시한다. 부러지면 부러졌지 절대 휘지 않는다. 3년 가까이 연애한 기완과 결혼을 생각하고 있다.

수아 조(35)

독일에서 일러스트레이터로 일하는 한국계 여성. 쿨하고 당당한 오픈 마인드의 소유자. 오랜 외국 생활을 해 한국의 정서와 다른 점이 많다. 성희의 친구 은진의 친구다. 은진의 집에 방문했다가 성희와 마주친다.

최기완(30)

성희의 남자 친구. 조그만 카페 겸 바를 운영한다. 사업가답게 둥글둥글한 성격이다. 성희가 갖고 있는 가치관을 지켜주려 노력한다.

성희 부(46)

언제나 긍정적이고 쾌활한 괴짜. 열여덟에 성희를 가졌다. 성희 모가 성희를 낳고 도망가버린 뒤, 혼자 성희를 키웠다. 많은 여자를 만나지만 결혼은 한 번도 하지 않았다. 그야말로 자유로운 영혼의 소유자.

그 외

다니엘, 출판사 직원(고 팀장, 강 과장, 진주), 은진(성희의 친구) 등.

S#1. 기내 / 저녁

대부분의 승객들이 잠든 기내 안, 성희와 출판사 식구들도 자고 있다.
갑자기 쿠궁! 기체 심하게 흔들려 승객들 잠에서 깨고,
비행기는 심하게 요동친다. 다들 흥분한 승객들, 패닉 상태.

안내방송(V.O.) 승객 여러분, 안전벨트를 매주시기 바랍니다. 기체 결함 문제로 긴급 착륙합니다.

순식간에 좌석 위 짐칸의 물건들 다 쏟아지고, 기우는 비행기.
성희는 놀란 눈으로 고개를 돌려 두리번두리번, 누군가를 찾는다.
저 멀리 뒤에서 자고 있는 기완이 보인다. 기완, 아무것도 모르고 잘 잔다.
기완을 부르진 못하고 안절부절 바라만 보는 성희의 눈빛.

비행기 다시 한 번 크게 흔들린다.

성희, 놀라서 소리를 꽥 지르고, 눈 뜨니 꿈이다.

소리 지를 때 손에 쥐고 있던 파일의 서류들 바닥에 떨어지고.

비행기는 꿈에서처럼 착륙하느라 흔들리고 있다.

성희 악!

진주 선배, 괜찮아요? 다 왔어요.

강 과장 우 대리. 이게 바로 착륙이라고 하는 거야. 비행 처음인 거 너무 티 낸다.

성희, 퍼뜩 뒤돌아 좌석을 확인한다.

꿈속에서 기완이 앉아 있던 자리엔 외국인이 앉아 있다.

꿈이었음에 안도하는 성희.

바닥에 떨어진 서류들 줍는다.

서류는 수아 조에 대한 프로필과 그녀의 도서전 참여 일정표.

S#2. 교차 - 볼로냐 공항 안팎 / 저녁, 서울 기완 가게 안팎 / 낮

사람들로 붐비는 볼로냐 공항.

타이틀 업 **'로마의 휴일'**

공항 밖. 성희 핸드폰 켜자마자 '아부지'에게서 온 부재중 전화 7통.

성희 (중얼) 우리 아부지 미치겠다……. (전화를 건다)

훤칠한 키와 수려한 외모의 성희 부.
옷차림이 젊고 센스 있다. 여자 친구와 함께 분위기 좋게 데이트 중.
여자 친구도 나이에 비해 젊고 센스 있는 차림새.
발신자를 보더니,

성희 부 (차분하고 젠틀, 폰을 들어 전화 온 걸 보여주며) 유리 씨, 잠깐만 실례.

성희 부, 여자 친구에게서 조금 멀어지자 호들갑을 떨며 전화를 받는다.

성희 부 성희야!
성희 아빠, 비행기에선 통화 안 되잖어. 아빠도 참. 여튼 나 잘 도착했어요.
성희 부 막 도착했나? 안 되나?

성희 괜찮아. 푹 잤어, 비행기에서.

성희 부 (장난 반 진심 반) 성희야, 우짜냐. 아빠 너 보고 싶어 죽갔다, 벌써.

성희 (아빠의 호들갑 익숙하다) 아빠, 나 이민 온 거 아니거든요? 아빤 어디야? 밖인가 봐?

기완의 가게를 밖에서 살펴보는 성희 부.
기완의 가게, 대학가에 있는 작은 레스토랑 겸 바.
화이트 톤으로 환하고 깔끔하다.

성희 부 그라도 만날 보던 얼굴 안 보니 눈앞에 아른아른 거리데. 기완이네 가게 왔다.

성희 (당황) 아……. 그래? 한창 바쁠 땐데……. 뭐 하러 거길 갔어.

성희 부 (꽉 찬 가게 보며) 야, 여전히 장사는 잘된다. 그럼 기완인 언제 출국하나?

출판사 식구들과 좀 떨어져 통화 중인 성희.
출판사 식구들은 택시에 캐리어를 싣고 있다.

진주(V.O.) 선배!

성희 (보며) 아빠, 내가 나중에 전화할게. 지금 좀 바쁘다.

끊을게!

성희 부 (끊긴 전화 보다가) 아따. 가스나……. 커리어우먼이 따로 없어야. (여자 친구에게 가면서) 들어가실까요?

S#3. 기완 가게 안 / 낮

손님들 북적거리는 기완 가게.
손님의 대부분은 대학생이다.

성희 부 안심필라프랑 까르보나라. 콜라 하나 모히또 하나. 땡큐. (주문 받고 가려는 알바생에게) 아, 사장님 안 계신가?

알바생 사장님 잠깐 나가셨어요.

유리 여사 잘 아시는 집인가 봐요?

성희 부 여기 사장이 성희 남자 친구예요. (가게를 쭉 둘러보며) 능력 한번 참 좋죠?

그때, 가게 안으로 기완 들어온다.

성희 부 마침 오네요.

알바생에게 얘기 전해 들은 기완, 곤란한 표정이다.

기완, 성희 부와 눈 마주치자 표정 숨기고 웃으며 테이블로 온다.

기완 아버님 오셨어요.

성희 부 어, 오랜만이다. 얼굴 좋아졌네.

기완 (웃으며) 좋아지긴요.

유리 여사 성희한테 얘기 많이 들었어요.

성희 부 성희는 맨날 흉만 봤지. 내가 너 다 커버 쳐줬다? 참, 성희 도착했다던데. 전화 받았지?

기완 (난감) 아 예……. 아버님 샐러드 드릴게요. 연어? 케이준?

성희 부, 유리 여사의 의사를 묻는 듯 보면.

유리 여사 (수줍) 그럼…… 연어로…….

기완 금방 드릴게요. (주방 쪽으로 가려고 하는데)

성희 부 기완아, 출국일이 언제야 넌?

기완 (웃으며) 전 사흘 후에나 가요. 아버님, 천천히 드세요. 샐러드 금방 드릴게요.

기완은 주방으로 들어가고.

성희 부 성희가 처음에 아무것도 없는 놈 데리고 왔길래 제가 그랬어요. '너, 내가 일 년 반만 지켜본다. 일 년 반 동안 두 사람 사이 전혀 터치하지 않겠다. 대신, 일 년 반 후에도 지금처럼 빈털터리면 내 딸 못 준다.'

유리 여사 (흥미롭게 듣는)

성희 부 정확히 일 년 하고 사 개월째 저놈이 레스토랑 번듯하게 딱 오픈하더라구요. 그때 알았죠. 아, 우리 성희가 역시 남자 보는 눈은 있구나!

유리 여사 하여간 딸바보가 따로 없어요.

S#4. 볼로냐 시내 한 레스토랑 / 밤

내일 도서전을 위해 레스토랑에서 알코올로 사기를 다지는 출판사 식구들.

고 팀장 자 자, 다들 잔 들고. (일어서며) 외국이니까 다들 영어로 치얼스 오케이? 석세스풀한 북페어를 위하여, 치얼스!

다 같이 치얼스를 외치고 맥주를 원샷 한다.

강 과장 맥주 맛 죽인다! 어 어, 우 대리님은 천천히 마시세요. 중대사를 앞두고 과음하심 안 되지.

성희 선배, 왜 이러십니까. 저 우성희예요. (맥주잔 들며) 이것도, 수아 조도 다 잡습니다 제가!

진주 (호들갑) 선배, 그럼 제가 미리 우 과장님이라고 불러도 돼요?

성희 과장은 무슨……. 하지 마. (은근 기분 좋다)

강 과장 얌마, 계약하나 딴다고 과장은 무슨……. 과장하지 마세요.

고 팀장 어이 강 과장, 몰랐어? 우 대리 이번에 수아 조 계약 따내면 바로 과장 직행이야. 얌마, 성희가 너 예전부터 뒤 바짝 쫓고 있었어. 뒷북은.

강 과장 아, 진짜…… 팀장님, 농담하지 마십쇼. (말도 안 된단 웃음) 제가 지금 몇 년찬데…….

고 팀장 이 자식이 상황 파악 못해도 한참 못하고 있었네. 짬밥 좀 된다고 이런 마인드로 일하면 어떻게 되는지, (진주 보며) 진주 씨 잘 봐둬.

강 과장 (진짜야? 하는 표정)

고 팀장 자 자, 말 나온 김에 우 대리를 위해서도 한번 짠 하자!

북적이는 레스토랑 안, 성희네 테이블의 '치얼스' 소리가 울려 퍼진다.

S#5. 도서전장(첫째 날) / 아침

사람들로 북적이는 도서전장 전경.
'뜰' 부스 안, 열심히 손님들 맞고 있는 출판사 식구들.

S#6. 도서전장, 일러스트 월 / 아침

일러스트 월(일러스트레이터가 홍보를 목적으로 자유롭게 자신의 작품을 직접 전시해두는 벽) 앞에서 수아 조의 홍보물을 찾고 있는 성희.

성희 (꼼꼼히 월을 보며) 수아 조, 수아 조, 수아 조, 수아 조……. 수아 조……. 수아 조……. 수아 조! 오케이!

수아 조의 홍보물을 찾은 성희.
수아 조를 기다리며 월에 붙은 수아 조의 명함과 작은 책자를 꼼꼼히 살펴보는 성희.

#시간 경과

다른 일러스트레이터가 다가와 자기 작품을 성희에게 적극 홍보

하고 있다.

#시간 경과

여전히 같은 자리에서 수아 조를 기다리는 성희, 다리 아프다.

도서전장을 한 바퀴 돌아보는 성희.

성희 아니, 어딨는 거야?

S#7. 볼로냐 호텔 / 밤

도서전 참여 명단에서 다시 한 번 수아 조의 이름을 확인하는 성희.

진주 (얼굴에 크림 바르며) 생각보다 반응이 괜찮지 않았어요? 첫날인데……. 그쵸, 선배?

성희 (진주 말 안 들린다) 내일 오려나…….

진주 선배! 수아 조는요?

성희 오늘 안 온 거 같아, 수아 조.

진주 (돌아보며) 엥? 저 아까 봤는데요?

성희 어디서?

진주 부스에서 사람들하고 얘기하고 있던데요?

성희 어느 부스?

진주 정확히 기억은 안 나는데……. 아마 남미관 쪽이었을걸요?

성희 (자기 머리 치며 자책) 아…….

S#8. 도서전장(둘째 날) / 낮

다음 날, 일러스트 월의 수아 조 명함 옆에 자신의 명함을 붙여두는 성희.
본격적으로 수아 조를 찾아다니기 시작하는 성희.
도서전장을 샅샅이 뒤지며 다닌다.

외국 출판사 부스에서 이야기를 나누고 있는 수아 조.
출판사 직원과 진지하게 이야기를 나누고 있다.
그 모습을 멀리서 성희가 본다.
어딘가 아쉬운 표정으로 부스를 나오는 수아 조.
수아 조에게 다가가는 성희.

성희 안녕하세요.

수아 조 네, 안녕하세요.

성희 (명함 주며) 출판사 뜰에서 일하고 있어요. 개인적으로 작가님 그림 참 좋아해서 뵙고 싶었거든요.

수아 조 감사합니다. 작가라는 호칭이…… 아직은 어색하네요.

성희 구경은 많이 하셨어요?

수아 조 볼 게 참 많더라구요.

성희 그렇죠? 도서전 규모가 해마다 커지는 것 같아요. (가방에서 출판사 홍보용 책자를 꺼내며) 제가 작가님 그림을 좋아하기도 하고, 이번에 저희 출판사에서…….

수아 조에게 책자를 전해주려는데, 수아 조의 시선이 다른 곳으로 꽂혀 있다.

수아 조의 시선이 꽂힌 곳을 바라보는 성희.

포스 풍기며 걸어오고 있는 한 풍채 좋은 남자(작가).

수아 조가 나온 부스로 들어가 직원들과 인사를 나눈다.

수아 조 (성희에게) 정말 죄송한데, 대화 다음에 또 나눠요.

성희 아, 바쁘시구나. 그럼 이거라도……. (책자를 내민다)

수아 조 (책자 휙 받으며) 죄송해요.

부스로 도로 가서 작가와 악수 나누고 자기 홍보물을 적극적으로 보여주는 수아 조.

부스 안에서 얘기를 나누다가 같이 부스를 나와 전시장을 나가는 수아 조와 작가.

그런 모습을 보고 있는 성희.

S#9. 호텔 근처 / 아침

도서전장으로 향하는 출판사 식구들.

고 팀장 우 대리, 급하게 생각하지 말고 천천히 해, 천천히.

성희 어제 책자 전해줬으니까 오늘 잘 얘기해봐야죠.

고 팀장 그래, 천천히 천천히. 아직 오늘 하고 내일도 있으니까…….

강 과장 (손목시계 톡톡 치며) 시계는 아침부터 똑딱똑딱, 시계는 밤이 돼도 똑딱똑딱, 쉬지 않고 가지요.

성희 선배 (강 과장 째려본다)

진주, 강 과장 옆구리 찌르면.

강 과장 아, 왜? 이 노래 몰라? 어렸을 때 안 들어봤나? 똑딱똑딱…….

S#10. 도서전장(셋째 날) / 아침

동화 작가와 나란히 앉아서 책에 사인을 해주고 있는 수아 조.
성희, 줄을 서서 수아 조에게 사인을 받는다.

성희 안녕하세요.
수아 조 아! 안녕하세요.

수아 조와 얘기를 하고 싶은데 뒤에 줄 서 있는 사람들이 많다.
사인을 받고 곧장 옆으로 나오는 성희.
수아 조 주위를 맴돌며 기회를 엿보지만,
수아 조 사인이 끝나자 사인 함께 하던 작가와 자리를 뜬다.

S#11. 기완의 가게 앞 / 밤

알바생들 하나둘 퇴근하고, 기완이 가게 정리를 계속하고 있다.

알바생 1 사장님, 들어가보겠습니다!
알바생 2 수고하셨습니다!
기완 조심해서들 들어가. (나가려는 알바생들에게) 내일 가게 문 안 여는데 또 나오지 말고!
알바생 1 사장님, 기념품 사 오시는 거 잊지 마세요

기완 오냐. 들어가.

가게에 혼자 남아 마무리하는 기완. 가게 문에 종이를 붙인다. 불을 끄고 가게를 나와 걸어가는 기완. 기완이 붙여둔 종이엔 '개인 사정으로 일주일간 쉽니다.'

S#12. 도서전장(마지막 날) / 낮

유명 작가의 강의를 듣고 있는 수아 조.
강의가 한참인 강연장. 성희, 조용히 들어와 뒤쪽에 앉아 수아 조를 찾는다.

성희 찾았다.

얼마 후, 강연이 끝나고 강연장 앞에서 수아 조를 기다리는 성희.

성희 안녕하세요.
수아 조 아……. 네. (조금 부담되는) 강연 들으셨나 봐요.
성희 네. 강연이 좋네요. 내용도 알차고.
수아 조 그래요? (웃으며) 전 생각보단 별로였던 것 같은데.
성희 아……. 저, 혹시 그때 제가 전해드린 책자……. 보셨어요?

수아 조 아. 아, 정말 죄송해요. 제가 아직 다는 못 봤네요.

성희 아니에요. 바쁘시니까 다 보기 힘드실 수도 있죠. 지금 시간 괜찮으시면 저희 부스 가셔서……. (수아 조 표정 살피는) 작가님이 관심 가실 만한 책도 있을 거예요.

수아 조 (곤란한) 저……. (성희의 목에 걸린 카드를 보고) 성희 씨. 죄송한데 제가 아직은 한국에서 일할 계획이 없어서요. (정중히) 그때 보셨을지 모르겠지만, 전 클레먼츠 작가 때문에 여기 왔어요. 그 작가분하고 일을 꼭 하고 싶어서요.

단호하고도 정중히 거절하는 수아 조에게 당황한 성희.

성희 아, 그러셨구나.

수아 조 죄송해요. 기분 나쁘신 건 아니죠? 저는 유럽에서 활동할 계획밖에 없는데, 성희 씨가 애쓰시는 것 같아서 말씀드려요.

성희, 어색하게 웃으며 수아 조와 인사를 나누고 멀어져가는 수아 조를 본다.

S#13. 볼로냐 공항, 출국장 앞 / 오후

성희와 출판사 식구들 출국장으로 걷고 있다. 성희만 짐이 없다.

강 과장 어이 후배님, 힘내. 수아 조 말고도 일러스트레이터 많잖어.

진주 (강 과장 노려보며) 하여간 진짜 얄미운 캐릭터예요. (성희에게) 선배, 사진 많이 보내줘야 돼요!

성희 알았어. 카톡 불날 정도로 사진 보낼게

고 팀장 우 대리 여행 잘 하고 와. 사무실에서 보자고.

성희 조심히 가세요!

출판사 식구들 출국장으로 들어가고,
식구들 완전히 안 보일 때까지 배웅하는 성희.

S#14. 도서전장 / 오후(4-5시쯤)

미련이 남아 도서전장으로 다시 온 성희.
스태프들, 부스를 분해하고 도서전장을 치우고 있다.
일러스트 월로 가는 성희.
몇몇 홍보물 빼고는 월이 깨끗이 비워졌다.
월에 수아 조의 명함과 자신의 명함이 아직 붙어 있다.

성희, 월에서 자신의 명함을 뗀다.

스태프들, 남은 수아 조의 명함과 벽에 남은 다른 작가들의 홍보물을 가차 없이 떼어서 쓰레기통에 버린다.

S#15. 교차 - 도서전장 밖 / 오후, 테라스가 있는 카페 앞 / 낮

성희 전화가 울린다. 발신자 아부지.

가만히 울리는 전화를 힘없이 보고 있는 성희.

받을까 말까 고민하다 받는다.

성희 응, 아빠.

성희 부 바쁘나?

성희 아니. 일 끝났어. 다 끝났어.

성희 부 목소리가 와 그리 매가리가 없나. 와, 일이 잘 안 됐나?

성희 매가리가 없긴 왜 없어. 그냥 힘들어 그러지. 유리 여사님 옆에 없나 보네?

성희 부 유리랑 끝나버렸다.

성희 뭐?

성희 부 아고, 귀때기야. 와 소리를 빽 지르고 그러나, 가스나…….

성희 진짜야 아빠? 왜 또, 왜!

성희 부　와? 삼 년 사귄 니도 그래 찢어지는데 유리랑 찢어진 게 뭐 대수가.

성희　아빠……. 어떻게 알았어?

성희 부　그날 기완이가 말했다.

성희　……. 아빠한텐 나중에 말하려 했어. (버럭) 그래도 아빠랑 나랑 같어? 아빠 이제 쉰이야 쉰.

성희 부　내 그래도 마음만은…….

성희　(말 가로채며) 내 그래도 마음만은 청춘이다 그러니까! 아부지. 아부지 이제 마음'만' 청춘이시라구요. (진지) 난 이제 아빠가 정말로 정착했음 좋겠단 말이에요.

성희 부　하이고……. 외국까지 나가서 기완이 글마 생각하며 질질 짜고 있음 우짤까 하고 전화했더만, 내 그래 타박하는 거 보니 맘이 놓이네.

성희　…….

성희 부, 카페 테라스에 앉아서 책을 읽고 있는 예쁜 여자를 봤다.

성희 부　(여자에게 시선 고정) 올 때 혼자 오지 말고 이태리 머스마 하나 데리와라.

성희　아빤 그걸 농담이라고 해요?

테라스에 앉아 있던 여자, 진동벨이 울리자 커피를 가지러 카페 안으로 들어간다.
여자의 동선을 매의 눈으로 지켜보는 성희 부.

성희 부 농은 무신 농……. (성희를 위로한다) 성희야, 내 솔직히 말하믄 기완이 글마 니에 비하면 한참 모질랐다. 됐다! 혼자라꼬 거까지 가 기죽지 말고. 내 말 알제?

성희, 홀로 길을 걷는다.

성희 아빠, 나도 서른이다 이제……. 걱정 말고, 밥 잘 챙겨 드세요. 햄버거, 샌드위치, 맨날 그런 거 먹지 말구…….

성희 부(V.O.) 딸, 내도 쉰이다 이제. 쉰이면 밥 정돈 알아서 차려 묵을 나이 아이가?

성희, 아빠 말에 웃음이 터진다.

성희 부 (시선은 카페 안을 계속 주시하고 있다) 가스나 웃긴……. 아빠 걱정하지 말고 전화 좀 자주 하고!

카페 안에서 여자가 막 나오려 하고 있다. 성희 부, 여자와 타이밍 맞춰 카페 안으로 들어가면서 갑자기 표준말로.

성희 부 (젠틀) 그래. 그럼 이만 끊자.

여자와 실수인 척 부딪치는 성희 부. 순식간에 뜨거운 커피가 여자의 옷으로 쏟아지려는데, 성희 부가 팔로 쏟아지는 커피를 대신 맞는다.

여자 어머! 괜찮으세요?

성희 부 조금 뜨겁네요. 괜찮으세요?

여자 네……. 덕분에……. (성희 부의 얼굴과 패션을 보고 반한 듯) 휴지랑…… 얼…… 얼음 좀 가져올게요. 잠시만요.

카운터로 뛰어가는 여자. 성희 부, 여유로운 승자의 미소를 짓는다.

S#16. 기차 안 / 초저녁

볼로냐에서 로마로 가는 기차.
창밖의 풍경을 보는 성희.

성희 (N) 정말 이렇게 허무하게 끝난 건가.

S#17. 로마 거리 / 저녁

거리를 두리번거리며 걷는 성희.
여행이 처음이라 모든 것이 낯설고 어색하다.

S#18. 로마 시내의 호텔 로비 / 저녁

조심스럽게 호텔 로비로 들어오는 성희.
데스크 직원들, 성희를 친절히 맞는다.

성희 (영어) ……. 방 있나요?

여행이 처음인 성희, 모든 상황이 영 어색해 행동이 조심스럽다.

직원 (영어) 그럼요. 체크인 서류 작성해주시겠어요?

성희, 천천히 서류를 작성해서 직원에게 준다.

직원 (영어) 잠시만 기다려주세요. 곧 직원이 방을 안내해드릴 겁니다.

성희, 로비 소파에 앉아서 기다리는데, 울리는 휴대폰. 문자다.
'은진. 뭐 하고 지내?'
문자를 보다가 벌떡 일어나 데스크로 가는 성희.

성희 (영어) 죄송한데 방 취소할 수 있죠?

S#19. 은진 집 안팎 / 밤

엘리베이터에서 내려 아파트 복도를 걷는 은진과 성희.

은진 얼마 만이야 이게. 기지배야, 왔으면 연락을 하지!
성희 그러게 미리 연락을 하고 왔어야 하는데. 이렇게 불쑥 찾아와서 미안하다 은진아.
은진 (문 열며) 미안은 무슨. 너 내가 먼저 연락 안 했음 연락 안 하려 했지?

어수선한 감이 있지만 안락해 보이는 은진의 집.
은진, 현관에 식재료 한가득 담긴 박스들 한쪽으로 치우며 들어온다.

은진 내가 이렇게 정신없이 살어. 어, 짐은……. 너 큰방 쓸래 작은방 쓸래?

S#20. 은진 집, 거실 / 밤

성희는 거실 구경하고, 부엌에서 차 내리고 있는 은진.

은진 볼로냐에서 바로 넘어온 거야 그럼?

성희 응. 일도 엉키고……. 에라, 모르겠다. 그냥 머리도 식힐 겸.

은진 그래 잘했어. 빡빡하게 살아봤자 머리털만 빠지지 뭐 남는 거 있니?

성희 그치? (웃는) 그럼 학교 다니면서 공부해?

은진 (차 내오며) 낮엔 학교 가고 저녁엔 레스토랑에서 일해.

성희 대단하다 너. 중학교 때부터 독한 건 알아봤어 기지배.

은진 무모한 거지. 무작정 요리 배우겠다고 딸랑 천 들고 맨땅에 헤딩했으니. (웃으며) 그래도 어떻게 어떻게 밥 굶는 일은 없더라. (소파에 마주 앉는) 너같이 사는 게 효도하는 거지. 나 봐, 취직은커녕 내 입에 풀칠하느라 빠듯하다. 참, 너한테 뭐 보여줄 거 있었는데.

성희 뭐?

어수선한 책장에서 뭔가 찾는 은진. 책 한 권 한 권 사이를 보는 은진.

은진 나도 얼마 전에 우연히 찾았어. 어디다 뒀더라?

성희 뭔데 그래, 궁금하게.

은진 잠시만 기다려 보세요. 어…… 여기있다. 찾았어!

은진, 두꺼운 책 사이에서 사진 한 장을 찾았다.
소파에 다시 앉아 성희에게 사진을 주는 은진.
열다섯의 성희와 은진. 마룻바닥에 엎드려 모형글라이더(아니면 기술가정 시간에 할 법한 만들기 정도)를 만들고 있다. 평범한 사진.

성희 대…… 박! 이게 언제야? (아래 연도를 보더니) 몇 년 전이야 이게 벌써…….

은진 (차 마시며 흐뭇하게 웃는)

성희 근데 사진 누가 찍었는지 진짜 못 찍었다.

은진 내가 이 사진을 왜 안 버리고 가지고 있었을까?

성희 ?

사진 빼어서 테이블에 탁 놓으며 사진을 가리킨다. 어린 은진과 성희 뒤에 소파에 삐딱하게 앉아 있는 성희 부의 얼굴. 포커스는 안 맞지만 외모가 예사롭지 않다.

성희 (어이없어서 웃는) 아빠 때문에? 우리 추억을 위해서 사진을 남겨둔 게 아니라 아빠 때문에?

은진 너 기억나지? 나 너희 아버지 팬클럽 회장이었던 거. 노원의 명물 우, 상 자 훈 자 아버님. 지금도 여전하시니?

성희 (고개 절레절레) 말도 마. 여전해.

은진 미모도 여전하시겠지?

성희 이제 흰머리가 성성해

은진 그래. 그게 바로 세월의 아름다움 아니겠니? 어려선 몰랐는데 지금 보니까 그렇게 사는 게 참 어려운 거더라.

성희 (은진 보며)

은진 삶의 한가운데에 딱! 멋지게 서서 주변도 쓱 한번 둘러보고 가끔 답답할 땐 소리도 꽥꽥 지르며 사는 거. (꼼꼼히 살펴본 재료를 산다) 그렇게 살고 싶었는데. 두리번거리다 누군가랑 눈이라도 마주치면 화들짝 놀라서 변두리로 도망가버리고. 나이가 들면 들수록 내 삶의 중심이 어디쯤이었는지…. 잊는 거 같아, 점점…….

성희 (표정)

은진 근데 너 진짜 뭐 안 먹어도 돼?

성희 아까 기차에서 군것질했더니 배도 안 고프다. 피곤하기도 하고.

은진 사흘을 꼬박 그것도 집 떠나서 고생했으니 피곤하지. (차 눈짓으로 가리키며) 그거 다 마시고 자. 카모마일이 잠 잘 오게 한다.

성희 오랜만에 만났는데……. (하품 나오는) 이렇게 밤을 그냥 보내긴 아쉬운데

은진 허이구……. 입이나 다물고 얘기해. 밤은 오늘만 있다니? 피곤할 텐데 오늘은 일찍 자. 나도 내일 아침 수업 있다.

S#21. 골목 전경 / 밤

다른 집들 불빛 하나둘 꺼지고,
은진 집 불이 맨 마지막에 꺼진다.

S#22. 은진 집 / 낮

은진의 집 초인종이 울린다. 길게 몇 번을 울리는 초인종.
성희, 초인종 소리에 잠 깼다. 초인종은 계속해서 울리고.

수아 조(V.O.) 은진아! 안에 있어?

성희, 자다 말고 일어나 문을 연다.
문이 열리자마자 안으로 들어서는 수아 조.

수아 조 전화도 안 받더라? 아무도 없는 줄 알았……. (성희 봤다) 어?
성희 ……어?
수아 조 저 은진이네 잘못 찾아온 건 아니죠?
성희 네……. 은진이 집……. 맞아요. 들어오세요.
수아 조 (성큼 안으로 들어서며) 와……. 집 이쁘다. (성희 보며) 아, 근데 여긴…….
성희 은진이랑 친구예요. 중학교 동창요.
수아 조 그랬구나.

수아 조, 캐리어를 안쪽에 들여두고 배낭 벗고 스카프 풀고…….
그런 수아 조를 어색하게 쳐다보는 성희.

수아 조 아, 저도 은진이 친구예요.

성희 (어색) 그러시구나……. 이런 우연이 있네요, 또.

수아 조 (환히 웃으며) 그러게요. 신기하네? 커피가 있으려나……. (부엌으로 가며) 하루 종일 커피를 못 마셨더니…….

부엌으로 들어가는 수아 조를 보다가 소파에 앉는 성희. 불편하고 어색하다.
반면 편안해 보이는 수아 조. 여유 있게 커피를 내린다.

수아 조 (고개 내밀며) 성희 씨, 커피 드실래요?

성희 예……. 뭐……. 주세요.

얼마 후

수아 조 (커피를 건네며) 어떻게 마시는지 몰라서……. 그냥 블랙인데 괜찮죠?

성희 저 블랙 마셔요. 감사합니다.

성희는 소파에 앉아 있고,
커피에 각설탕을 몇 개 넣는 수아 조. 커피를 마시며 집을 구경한다.

수아 조 (성희 보며) 아, 계약 건은 다시 한 번 죄송해요.

성희 (쿨한 척) 아뇨, 죄송하긴요.

수아 조 괜히 거절한 제가 찔려서. (웃는) 저 안 불편해해도 되는 거죠?

성희 불편해하실 거 없어요. 작가님이 불편해하시면 거절당한 저도 뻘쭘해져요.

말은 쿨하게 하는 성희. 하지만 정작 본인은 불편하고 어색해 죽겠다.

수아 조 (맞은편 의자에 앉으며) 그때 말씀드렸다시피, 북페어 간 것도 순전히 그 스패니쉬 작가 때문이었어요. 그분 작품 그리는 게 꿈이에요.

성희 그래서 잘되셨어요?

수아 조 퇴짜 맞았어요. 어디 제 마음대로 되나요.

성희 어디 다른 데랑도 계약하신 데는…….

수아 조 (고개 저으며) 아직은요.

울리는 수아 조의 핸드폰.

수아 조 은진이네? (전화 받으며) 어 은진아. 응, 나 들어왔어. (성희 보며) 성희 씨가 문 열어줬지. 응. 성희 씨랑 나 구면이야. 그치? 신기하지?

성희를 보며 해맑게 웃는 수아 조. 성희도 어색하게 웃는다.
다 마신 커피잔을 들고 부엌으로 가는 성희.

성희 (중얼) 수아 조, 아직 계약을 하나도 안했다…….

수아 조(V.O.) 성희 씨! 은진이 일 끝났다는데. 장 보러 같이 갈래요?

성희 ……. 그래 아직 안 늦었어.

스테인리스로 된 조리 기구에 자기 얼굴 비춰보는 성희.
머리를 손가락으로 빗고 정돈한다.

수아 조(V.O.) 성희 씨!

성희 네! 같이 가요!! 그래……. 맨땅에 헤딩, 나도 해보자구.

S#23. 시장 / 낮

함께 장을 보는 세 여자.

은진 두 사람 특별히 못 먹는 음식 같은 거 없지?

수아 조 너무 잘 먹어 탈이지.

수아 조, 성희와 은진을 앞질러 먼저 이것저것 구경하느라 정신 없다.

성희는 은진의 옆에 붙어 있다.

은진 수아 언니랑 얘기는 좀 했어?

성희 응. 쫌. 근데 둘이 어떻게 아는 사이야?

은진 아……. (웃는) 토하다가 만났어.

성희 ……?

은진 작년 여름에 독일 놀러 갔었거든. 기분 좀 업 하려고 마신 술에 완전 맛이 간 거지. 택시 잡으러 가는 그새를 못 참고 길에다가 오바이트를……. (몸서리) 내가 생각해도 드럽긴 하다. 막 정신없이 오바이트를 하는데, 어디서 웩웩 소리가 들리는 거야. 뒤를 돌아봤더니 저 언니가 반대편에서 웩웩거리면서 토를 하고 있더라구. 미안. 오랜만에 친구 만나서 이런 소리나 하고 있고.

성희 (웃는) 그래서 둘이 모닝케어라도 나눠 마셨어?

은진 토해둔 집 주인한테 걸려서 오바이트 같이 치웠지

뭐. 저 언니가 좀 특이한 구석이 많아. (웃으며) 되게 재밌어.

은진, 생선을 꼼꼼히 고르고 있다.

성희 (반짝이는 아이디어가 떠올랐단 표정) 은진아! 저 수아 조란 사람 혹시 뭐 취미라든지, 특별히 좋아하는 거라든지…….

은진 (생선 꼼꼼히 고르며 덤덤히) 응, 술이랑 남자.

성희 술……이랑 남……자?

은진 저 언니 장난 아니야. 나도 술 마시다가 만났다니까? (작게) 완전 말술이야 말술.

은진, 생선 사서 앞서 걸어간다. 은진의 뒷모습과 저만치 앞에 수아 조의 모습 보인다. 둘의 모습을 망연자실하게 보는 성희.

성희 남자는 뭐 그렇다 치고……. 아, 왜 하필 술이야?

S#24. 은진 집 / 저녁~밤

은진, 요리를 하고 있고. 성희와 수아 조, 식탁에 앉아 있다.
수아 조, 와인을 가져와 딴다.

수아 조 일단 아페리티보부터 가볍게 (성희 보며) 성희 씨도 한잔?

성희 (웃는) 좋죠.

성희와 수아 조, 와인을 곁들여 애피타이저를 즐긴다.
은진이 내주는 애피타이저, 작은 접시에 종류도 다양하다.
수아 조는 접시를 깨끗이 비우는 반면에 성희는 애피타이저를 잘 먹지 않는다.

성희 은진아, 와서 같이 먹어.

은진 아냐, 먼저 먹어. 난 이따 고기 많이 먹으려고. (오븐에 고기 가리키며) 어차피 이거 수시로 계속 봐야 돼. (성희의 애피타이저 그릇 보며) 별로야?

성희 응? 아니 맛있어. (웃으며) 근데 나도 이따가 고기 많이 먹으려고.

얼마 후, 메인 요리가 나오고. 은진까지 식탁에 앉아 다 같이 식사를 한다.

은진 (긴장) 어때……?

성희 유학파가 다르긴 다르다. (엄지손가락 들어 보이고)

수아 조 이거 공짜로는 못 먹겠는데?

은진 정말로? 맛있어? 어찌나 긴장되는지 칼질하는데 손이 벌벌 떨렸네.

수아 조 수고한 셰프를 위해서 건배 한번 할까? (잔 들고) 짠!

세 여자, 술잔을 부딪친다.

#시간 경과

식탁에 보이는 디저트와 빈 와인병들. 술을 꽤 마셨다.

알딸딸하니 적당히 취한 성희와 은진. 수아 조는 멀쩡하다.

술기운에 가까워졌는지 깔깔거리며 이어지는 대화.

그 와중에 성희, 정신을 가까스로 붙잡고 있다.

수아 조 증거가 있는데 딴소리할래?

은진 무슨 증거?

수아 조 화장실에서 면도기 딱 봤어, 내가. 질레트.

은진 면도기? (폭소) 그거 내 거야, 언니.

수아 조 무슨 여자가 그런 살벌한 면도기를 써?

은진 (팔다리 들며) 나 털털한 여자잖아. 언니, 내가 얼마나 털털한지 몰랐구나?

성희 남자도 없으면서 제모는 왜 해. 자꾸 밀면 더 털털

해진다. 혼자니까 길러! 길렀다가 남자 생기면 그때 해.

성희 말에 은진과 수아 조, 폭소한다.

수아 조 (하이파이브 하며) 성희 씨 진짜 재밌다. 최고!

은진 우성희 남자 친구 있다고 유세는……. 맞다. 성희 너 남자 친구도 레스토랑 하지?

성희 정보 업데이트 좀 제대로 해라, 은진아.

은진 ……헤어졌구나.

성희 (쿨한 척 웃지만 씁쓸하다)

은진 헤어졌구나. (장난) 와……. 이런 게 진짜 해피엔딩이지. 건배, 건배!

부딪치는 술잔.

#시간 경과

빈 와인병 더 늘었다. 팩소주도 보이고.
은진은 뻗어선 방으로 들어갔는지 취한 성희와 수아 조 둘뿐이다.

성희 작가님은 만나는 분 없으세요?

수아 조　　저는 만나는 사람은 많죠.

성희　　(진지) 문어발……?

수아 조　　하하……. 아니요. 남자 친구, 애인 없이 그냥 이 사람도 만나보고 저 사람도 만나보고.

성희　　(이해가 안 된다는 듯한 표정)

수아 조　　결혼은 싫으니까.

성희　　왜요? 왜 결혼이 싫어요?

수아 조　　(성희 보며 웃는) 성희 씨 결혼하고 싶구나.

성희　　(웃는) 근데 정말 결혼이 왜 하기 싫으세요?

수아 조　　한번 해봤는데 별로더라구. 나랑 안 맞는 거 두 번 할 필요 있나? 성희 씨는 남자 친구랑 왜 헤어졌어요?

성희　　……. 다들 대단한 사연이 있어서 헤어지는 건 아니잖아요. 저도 그냥……. (생각) 그냥……. 그……. 어떤……. 둘만의……. (기완이 생각나 말문이 막힌다)

수아 조　　(가만히 보고 있다)

성희　　사랑할 때 뭐가 제일 중요할까요?

수아 조　　너무 쉬운 질문 아니에요? 사람마다 다르죠. 중요시하는 게. 성희 씨는 뭐가 제일 중요한데요?

성희　　전 교감이오.

수아 조　　교감? 어떤 교감요? 정신적인? 육체적인? 감…….

성희 (말 자르며) 정신적인 거요! 육체적인 거 말구요. (고개를 젓는)

수아 조 (웃으며) 전 육체적 교감도 정신적 교감 못지않게 중요한데. 그럼 성희 씨는 정신적인 교감을 어떻게 나누는데요?

성희 대화를 하죠. 대화로 알 수 있는 건 무한하니까. 그 사람이 어떤 스타일의 패션을 좋아하는지. 동적인 취미를 갖고 있는지, 아니면 정적인 취미를 갖고 있는지. 음악 취향이 어떤지, 독서 취향은? 영화 취향은?

수아 조 (고개를 끄덕) 그렇구나. 전 말보다는 몸을 믿는 편이에요. 그 사람이 어떤 패션 스타일을 좋아하는지, 같이 쇼핑을 하면서 알아가죠. 그 사람이 동적인 취미를 갖고 있는지, 정적인 취미를 갖고 있는지. 같이 테니스도 쳐보고 산책도 해보고. 일단 해보면 상대가 선호하는 게 명확히 보이거든요. (속삭이듯) 대화만으로 알 수 없는 게 성적 취향이기도 하잖아요! (웃으며) 그래서 몸으로 하는 걸 좋아해요 전.

성희 (중얼) 성적 취향…….

수아 조 재밌는 얘기 해줄게요. 우리끼리니까 뭐. 가장 최근에 만난 남자가 있었어요. 첫인상이 강렬했죠. 남자다운 체형에 성격도 시원시원했어요. 거침없이 말하지만 말투가 거칠진 않은 센스 있는 사람. 성희 씨 말대로 대화를 해보니까 그 사람의 첫인상과 아주 잘 어울리는, 활동적이고 남자다운 취미도 갖고 있었어요.

성희 (턱을 괴고 수아 조 말을 꽤 집중해 듣는다)

수아 조 재밌는 건 잠자리에서 내가 본 그 남자는 새로운 사람이었다는 거죠. 몸을 만질 때의 손길, 바라볼 때의 눈빛, 이성보다 본능이 강렬한 순간에 그 사람은 무척 섬세해지더군요. 여자인 나보다도 더 감성적이고 섬세하고 예민하고. 재밌지 않아요? 섹스를 하기 전엔 갈기가 매력적인 수사자처럼 보였는데, 섹스를 하고 나니까 그렁그렁한 눈망울의 수사슴처럼 보이더라구요.

성희 백 프로 동감은 못하지만 이해는……. 이해는 할 수 있을 것 같네요.

수아 조 남자치곤 손이 이뻤어요. 웬만한 여자 손처럼요. 보통의 사람들은 손이 주인하고 참 안 어울린다고 생각하겠죠. 저도 처음엔 그렇게 생각했으니까요. 근데 잠자리를 하고 나니까……. 그 사람은 그렇게 곧고 이쁜 손이 잘 어울리는 사람이라고 생각했어요. 심지어 그 손이 아니면 안 될 것 같은…….

성희 (골똘히 생각에 잠겨 있다)

수아 조　　성희 씨 괜찮아요? 많이 취했나 부다…….

성희　　(고개만 절레절레 젓는다. 눈 풀렸다)

성희, 수아 조 앞에 놓인 작은 애피타이저 접시들을 본다.
애피타이저 접시들, 깨끗이 비워져 일렬로 늘어서 있다.
성희 쪽의 애피타이저 접시들, 음식이 그대로인 채 놓여 있다.

수아 조　　그럼 이것만 마시고 우리 끝내요. 짠!

성희와 수아 조, 잔을 부딪친다.
성희, 순식간에 원샷 후 일어나는데 취해선 다리 풀렸다.
우당탕탕 넘어지는 성희.

수아 조　　(마시다 말고) 어머, 성희 씨! (일으켜준다) 아프겠다…….

S#25. 은진 집 앞 골목 / 아침

조깅하는 사람 몇몇 보이고 출근하는 사람들도 보인다.
아파트 건물을 나오는 은진. 하품을 하며 골목을 빠져나간다.

S#26. 은진 집 / 늦은 아침

식탁과 바닥에 와인병 여러 개가 굴러다니고 팩소주 몇도 보인다.
목이 마른지 부엌으로 와 물을 마시는 성희.
난장판인 부엌을 천천히 치우다 홍합과 바나나가 담긴 플레이트가 보인다.
물끄러미 접시를 보고 있는 성희.

수아 조 (어느덧 와 있다) 맨정신엔 조금 부끄럽네요.

성희와 수아 조, 서로 바라보며 어제 생각에 웃는다.
가까워진 듯한 둘.

S#27. 서점

관광지 중심에 있는 서점. 사람들로 붐빈다.

수아 조 (지도를 보여주며) 이 골목이 아틀리에 골목이라고 무명 작가들 작업실이 많아요. 작품 홍보 겸 많이들 아틀리에를 개방해두더라구요.

성희 (지도 살펴보며) 여기서 가까운데요?

수아 조　네. 걸어서 금방이에요.

성희　가볼까요?

수아 조　오늘은 주말이라 거의 닫혔을 거구……. 주말 지나고 한번 들러보려구.

성희　전 작가님 작업실 가보고 싶네요.

수아 조　내 작업실은 폐쇄형 작업실이지만, (웃으며) 놀러오면, 성희 씨한텐 특별히 개방할게요.

수아 조, 창밖의 누군가를 봤다.

수아 조　성희 씨, 잠깐만.

수아 조, 서점 밖으로 나간다.
수아 조가 나가고, 성희 자신의 출판사 '뜰'에서 나온 책을 모조리 찾는다.
그중 편집인에 성희의 이름이 있는 책도 있다.

성희　(영어로) 포장 좀 해주세요.

계산을 하며 밖을 보는데, 수아 조 누군가와 대화를 하고 있는 듯.
대화 상대는 인파에 가려져 보이질 않는다.
서점 밖으로 나오는 성희.

수아 조 아, 계산 다 했어요?

성희 네. 아는 분 만나셨어요?

수아 조 밀라노에서 만났던 여행객인데 여기서 또 보네. 세상 너무 작은 거 같지 않아요?

성희 세상은 크고 크죠. 인연이란 게 신기한 거 아니겠어요?

수아 조 그런가? 그럼……. 난 놓쳐버린 인연이 몇인가 몰라. (웃는) 이따 그 사람이랑 저녁 먹기로 했는데 유명한 맛집이래요. 성희 씨도 같이 가자. 은진이 늦게 올 텐데.

S#28. 로마의 어느 강변 / 오후

관광객들이 좀 있는 로마의 강변 풍경.

성희(V.O.) 전 안 찍어도 돼요

수아 조(V.O.) 왜? 이거 비싼 거여서 카메라빨 장난 아니라니까, 서봐요!

성희가 어색하게 강변 다리 앞에 선다.

카메라 앞에 서는 게 익숙지 않은지 목석처럼 서 있는 성희.

수아 조　　하나, 둘, 셋!

성희가 수아 조 곁으로 와 사진을 확인한다.

수아 조　　잘 나왔죠? 나도 이쁘게 찍어주세요.

성희과 같은 위치에 서는 수아 조. 수아 조 양팔을 쫙 벌리고 자유로운 포즈를 취한다.

성희　　하나, 둘, 셋!
수아 조　　성희 씨! 한 번 더!

수아 조, 사진을 몇 차례 찍는다. 모두 다 동작이 크고 자유롭다. 수아 조가 성희 곁으로 와 사진을 함께 보는데, 카메라 사진을 돌려 보다가(성희가 카메라를 가지고 있다) 수아 조가 웬 젊은 남자(스무 살 정도)와 뺨을 맞대고 찍은 사진이 나온다.

성희　　(왠지 모르게 당황스럽다)
수아 조　　잘생겼죠?
성희　　……누구예요?
수아 조　　우리 아들.

성희 (놀란다)

수아 조 어제 말했잖아요. 나 한번 갔다 왔다구.

성희 이렇게 일찍 갔다 오셨는지 몰랐어요. (웃는)

수아 조 (쿨하다) 좀 많이 일찍 갔다 왔죠? 사진 더 있어요.

성희에게서 카메라를 가져와 자기가 직접 아들과 찍은 사진들을 보여주는 수아 조.
아들과 사이가 좋아 보이는 사진들이다. 함께 등산 간 사진. 수아 조의 아들이 아줌마 선캡을 쓰고 있다.

수아 조 아, 이거 (뭔가 생각나는 듯 막 웃는) 이 선캡. 한국에선 왜 아줌마들만 쓰는 거잖아요. 얘는 한국 몇 번 안 가봐서 하나도 모르거든. 그래서 씌워놨더니 좋다고 이러고 다니는 거야. 얼마나 웃기던지. 진짜 웃기지 않아요? 이거 봐봐.

아들 이야기에 여념 없는 수아 조를 바라보는 성희.
아빠가 생각나 웃음이 난다.

S#29. 레스토랑 / 저녁

유명한 곳인지 사람들로 꽉 차 있는 레스토랑

성희와 수아 조, 마지막 하나 남아 있는 테이블로 안내를 받아 앉는다.

성희 진짜 유명한 집인가 봐요. 일찍 오길 잘했네요.
수아 조 그러게요. 하마터면 줄 서서 기다릴 뻔했네.

메뉴판을 가져다주는 종업원에게 한 사람이 더 올 거라며, 주문은 그때 하겠다고 유창한 영어로 말하는 수아 조.

수아 조 (주위를 둘러보고 작게) 저기, 한국 사람들도 있네.
성희 저…….

성희, 시간을 확인하고 아까 서점에서 산 책을 주려고 가방에 손을 넣는다.
책을 전해주며 계약 얘기를 꺼내려던 찰나.

수아 조 (손들며) 어! 여기요!

성희, 가방에서 손을 빼고 뒤돌아본다.
걸어오는 기완을 봤다.

성희 (표정)

수아 조 정말 맛집인가 봐. 우리가 마지막 테이블 잡은 거 있죠? 아, 여기는 성희 씨. (성희에게) 성희 씨, 여긴……. (기완 이름 생각이 안 난다) 아, 생각났다. (웃으며) 미안해 기완 씨. 성희 씨, 여긴…….

성희 (말 자르며 일어나는) 저……. 잠깐만……. 화장실 좀 다녀올게요.

기완 (표정)

수아 조 (성희를 이상히 보다가 기완에게) 우린 좀 일찍 와서 메뉴 먼저 골랐어요. 기완 씨만 고르면 돼.

S#29-1 레스토랑 화장실 / 저녁

세수를 하려고 물을 틀어두고 거울을 멍하니 들여다보기만 하는 성희.
혼란스러운지 심호흡을 몇 번 한다.

화장실을 나와 자리로 가는 성희.

수아 조 성희 씨, 어디 안 좋아요?

성희 아뇨. 화장실이 급해서…….

수아 조 인사해요. 여긴 기완 씨, 여긴 성희 씨.

기완, 이건 아니란 표정으로 뭔가 말하려는데.

성희 안녕하세요.

기완, 그런 성희를 쳐다만 본다.

수아 조 (영어로) 여기 주문할게요!

수아 조는 웨이터와 주문을 하고 있고.
물을 마시는 성희의 손이 약하게 떨린다. 성희의 손을 보는 기완.

(CUT TO)
음식이 나오고, 기완 계속해 성희를 바라보지만 성희 눈길조차 주지 않는다.

수아 조 그래서 그날 찾던 곳은 잘 찾아갔어요?
기완 네……. 바로 근처에 있었더라구요.
수아 조 로마엔 어디 있는 거예요?
기완 베네토 쪽에 묵어요. 저…… 잠깐만.

자리에서 일어나 나가는 기완.

S#29-2 레스토랑 앞 / 저녁

기완, 레스토랑 앞을 왔다 갔다 하며 혼란스러운 듯한 표정.
레스토랑 앞에서 성희에게 전화를 건다.

가방 속에서 진동 울리고 있는 성희의 핸드폰.

수아 조 성희 씨, 봤어요?
성희 (수아 조를 보며)
수아 조 (작게) 손.

(플래시백) S#21

수아 조 남자치곤 손이 이쁘더군요. 웬만한 여자 손처럼요. 그 사람은 그렇게 곧고 이쁜 손이 잘 어울리는 사람이라고 생각했어요. 심지어 그 손이 아니면 안 될 것 같은……. 섹스를 하기 전엔 갈기가 매력적인 수사자처럼 보였는데, 섹스를 하고 나니까 그렁그렁한 눈망울의 수사슴처럼 보이더라구요.

성희, 포크로 음식을 찍으려는데 손에 힘 풀리더니 포크가 떨어지고, 테이블의 유리잔이 바닥으로 떨어져 큰 소리를 내며 깨진다.

요란하게 깨지는 물컵 소리에 순식간에 레스토랑의 시선이 주목된다.

수아 조 어머, 성희 씨, 괜찮아요?

성희 (표정 관리가 안 된다) 아니요……. 저 안 괜찮은 거 같아요.

수아 조 왜 그래요? 어디 아파요?

그때, 다시 자리로 오는 기완.

기완, 깨진 유리 조각들과 성희를 본다.

성희, 가방을 챙기고 가려는데 충격에 휘청한다.

기완 (성희를 잡아준다) 괜찮아? 안 다쳤어?

기완, 성희를 살펴보려는데.

성희 놔.

기완 성희야.

성희 상관없는 사이 된 지 오래잖아. 더러우니까 놔…….

기완 뭐?

성희 이제 상관없는 사이니까 막말 좀 할게. 더럽다구. (기완 팔 뿌리친다)

쏟아지는 시선을 받으며 눈물을 꽉 참는 성희.

성희와 기완을 보고만 있는 수아 조, 난감한 표정이다.

레스토랑 문 쪽으로 성큼성큼 걸어가는 성희.

수아 조 따라가봐야 하는 거 아니에요?

기완 (복잡한 표정)

성희, 레스토랑 문을 여는데 3개월 전 일이 떠오른다.

S#30. (회상) 기완의 아파트 안팎 / 밤, 3개월 전

조명을 어둡게 해둔 채 소파에 앉아 있는 성희와 기완.

액션 영화(다이하드 정도)를 보고 있다.

미동 없이 영화 보고 있는 성희.

기완은 영화는 안 보고 핸드폰 만진다.

어두운 거실에 기완의 핸드폰 화면이 밝게 비친다.

핸드폰 빛이 거슬리는 성희. 하지만 아무 말 안 한다.

기완, 핸드폰을 테이블에 엎어둔다. 그러다 얼마 후, 다시 핸드폰을 집어 드는 기완.

기완 (핸드폰 보며) 지루하다.

성희　그럼 꺼.

기완　(무심히) 끄면 뭐 할 거 없잖아. 저거라도 틀어놔.

성희　요즘 왜 이래?

기완　뭐가?

성희　(빈정 상했다) 뭐가 그렇게 지루하고 심심한데?

기완　(성희 무릎 베고 누우려는)

성희　아, 치워. 말해봐. 뭐가 그렇게 지루하고 심심한지.

기완　너 까칠하다 오늘.

성희　그러니까. 내가 말했지. 오늘 기분 별로니까 그냥 집에 가서 쉬겠다고. 기분 풀어준다고 DVD 빌려 보자고 한 게 누군데. 기껏 DVD 빌리러 갔더니 이거 보자고 한 건 또 누구였는데? 그래놓고 뭐, 지루해? 심심해? 왜 이제 참을 만큼 참아서 못 버티겠어?

기완　얘기가 왜 그리로 튀어.

성희　그렇잖아. 밖에서 만나면 피곤하다, 집에서 만나면 심심하다. 대체 나보고 어쩌라는 거야? 나라고 맘 편한 줄 알아?

기완　그런 뜻이 아니잖아. 앞서서 생각 좀 하지 마, 성희야.

성희　솔직히 말해. 이제 못 참겠다고 그냥 말하라구!

기완　이 년 반이야. 그동안 아무 문제 없었다고!

성희　내가 지쳤어. 나 그래도 티 안 냈어 한 번도. 서로 더 힘들어질까 봐. 근데 이렇게 눈치 보면서 같이 있기 숨 막혀…….

기완 이 년 반을 잘 지나왔어. 무슨 뜻인지 몰라? 이게 문제가 될 것 같았음 쫑 나도 한참 전에 쫑 났다고…….

성희 ……. 그럼 뭐가 문젠데 대체?

기완 아무 문제 없어! 민감하게 반응한 건 너야.

성희 아무 문제 없어……? 이래도 지겹다, 저래도 심심하다고 하는 건 넌데, 내가 너무 민감하게 반응하는 거야?

성희, 가방 챙겨 기완 집 나온다.
기완, 성희를 따라나와 팔을 잡는다.

기완 어디 가?

성희 모르겠어. 넌 아무 문제도 없다고 하는데, 난 아니야. 잘못됐어. 잘못돼도 한참 잘못됐어. 어디서부턴가. 그만하는 게 맞는 거 같아.

기완 진심이야?

성희 그걸 왜 나한테 물어? 너도 다 알고 있으면서?

기완 얘기 해, 가지 말고.

성희 싫어. 그냥 그만해. 너무 힘들어…….

기완을 뿌리치고 계단을 내려가는 성희.

S#31. 레스토랑 안팎 / 저녁

레스토랑 문을 박차고 나오는 성희.
기완은 예전처럼 자신의 팔을 잡아주지 않는다.
잠시 멈춰 서 있다가 거리의 사람들 속으로 섞여 걷는 성희.

기완 아무래도 식사는 오늘 좀 그러네요. 죄송합니다. 먼저 일어날게요.

기완, 재킷을 챙겨 카운터로 가서 계산을 하고 나간다.
수아 조, 나가는 기완을 보다가 바닥의 유리 조각을 본다.

수아 조 (중얼) ……인연이란 게 참 그러네.

S#32. 버스 안팎 / 밤

성희, 금방이라도 울 것 같은 표정. 울음을 꾹 참고 있다.
어디로 가는지도 모른 채 발길 가는 대로 걷다가 아무 버스나 잡아탄다.

버스에 앉아 가는데 성희, 눈물이 터져버렸다.

끅끅거리며 우는 성희.

그러다 울음소리가 점차 커지더니 대책 없이 크게 눈물을 흘린다.

창피한 줄도 모르고 우는 성희.

버스에 사람들 모두 다 내릴 때까지 성희는 내릴 줄 모르고.

종점에 왔는지 버스엔 성희 혼자뿐이다.

기사 (이태리어) 아가씨, 여기 종점이에요!

성희 아저씨……. 여기 술집 있어요?

S#33. 펍 / 밤

바에 앉아서 술을 진탕 마시고 있는 성희. 좀 취했다.

빵빵한 음악 사운드에 시끌벅적 정신없는 펍.

성희 혼자만 고개를 푹 숙인 채 우울 모드다.

그때, 성희 옆에 와 앉는 다니엘.

다니엘 (이태리어) (웨이터에게) 난 마티니, 아가씨는 스크루드라이버.

다니엘 목소리에 고개를 드는 성희, 울어서 빨간 눈에 취해서 반쯤 눈 풀렸다.

가관인 성희 얼굴에 깜짝 놀라는 다니엘.

다니엘 (웨이터 보며) 아가씨도 센 걸로 줘야겠는데.

성희 저기요.

다니엘 ?

성희 (취해선) 나…… 건들지 말구…… 그냥 가……. 당신이랑 놀아줄 생각 없으니까…….

한국말 모르는 다니엘, 성희 보며 생글생글 웃기만 한다.

성희 어쭈……. 웃네……? 그 살인 미소로 여자 여럿 건든 거 같은데……. 난 안 되니까 그냥 가세요……. 가라구!

다니엘, 성희가 마냥 귀여운지 칵테일을 준다.

성희 (칵테일을 물끄러미 보다가) 아부지……. 이태리 사위, 진짜 괜찮겠어?

S#34. 기완의 호텔 / 밤

허름하고 작은 기완의 호텔방.

테라스를 내려다보며 담배를 피우는 기완.

침대에 누워 채널을 돌려보는 기완. 볼 게 없다.

침대에서 몸을 뒤척이다 재킷을 챙겨 나가는 기완.

기완이 나간 방, 미처 끄지 못한 TV엔 영화 「로마의 휴일」이 나오고 있다.

S#35. 로마 거리 / 밤

늦은 시각에도 사람 많은 로마의 거리.

성희에게 전화를 걸어보지만 받지 않는다.

S#36. 기완의 호텔 / 밤

다시 들어오는 기완.

기완의 손에 캔맥주가 꽤 많이 들려 있다.

침대에 걸터앉아 괴로워하는 기완.

S#37. 고급 호텔 안 / 아침

천장이 높고 넓은 고급 호텔.
새하얀 이불 속에서 잠이 깬 성희.
머리가 깨질 것 같다.

성희 끙……. 아, 머리…….

머리를 싸매며 눈을 뜨는데 헉! 여기……. 모르는 곳이다.
조심스레 이불을 걷어 자신의 몸을 보는데 속옷 차림이다.
카우치 위에 놓인 로브를 걸쳐 입고 일어나는 성희.
어제 일이 기억나 깜짝 놀라는 성희, 로브를 풀어 재빨리 자신의 몸을 다시 한 번 내려다본다.
침대 이불을 걷어 시트를 확인해본다.
깨끗한 침대와 자신의 몸.

성희 (무섭다) ……. 무슨 일이 있었던 거야…….

주변을 둘러보는데 콘솔 위에 쓰여 있는 쪽지.
(영어로) '호텔 커피숍에서 기다릴게요. ―다니엘.'

S#38. 호텔 커피숍 / 아침

급한 마음에 제대로 준비도 안 한 채로 내려온 성희.

부스스한 머리를 급하게 묶고 호텔 커피숍으로 들어와 다니엘을 찾는다.
창가 쪽, 다니엘 여유롭게 커피 한잔하고 있다. 모델 포스 나는 다니엘.

다니엘 (성희 봤다) 썽희!

혹여 어제 무슨 일이 있었을까 봐 떨리는 손 꼭 잡고 천천히 다니엘에게 다가간다.

다니엘 (영어) 잘 잤어요?
성희 ……. (목 타는지 다니엘의 물 집어 마신다)
다니엘 (영어) 썽희, 속은 괜찮아요? 해장부터 해요. (웨이터에게) 에스프레소 하나……. (물을 벌컥벌컥 마시는 성희를 보곤) 더블로 주세요.

성희, 물잔을 탁 내려두고 심호흡을 한다.

성희 (영어) 나한테 무슨 짓…… 했어요?
다니엘 (영어) 네?
성희 (영어) (공격적이다) 왜 내가 옷을 다 벗고 있었죠? 여긴 어디고……. 당신 나한테 무슨 짓 했어?

다니엘 (영어) (당황하는) 워워……. 진정해요, 썽희. (두 손을 들며) 나 아무 짓 안 했어요. 어제 일 기억 안 나요?

(플래시백) S#35-1 고급 호텔 방 / 어젯밤

다니엘, 성희를 들쳐 업고 호텔방으로 들어와 침대에 눕힌다.

다니엘 (영어) (힘들다) 후……. 키는 작은데 뭐 이렇게 무거워.

술에 만취한 성희, 누워선 옷을 하나씩 벗는다.

다니엘 (영어) 오……. 안 돼……. 제발, 썽희, 안 돼.

다니엘, 성희를 만류하지만 소용없다.
다니엘의 양 볼을 확 잡는 성희.

성희 잘생겼어. 잘생기긴 했단 말이지. (양 볼을 잡으며) 다니엘! 너 울 아빠 사위 할래?

다니엘 (영어) 안 돼……. 썽희, 이건 아니야. (고개를 절레 절레)

성희 싫어? 어쭈? 우리 아빠 사위 아무나 하는 거 아닌데 왜 싫어, 왜!

다니엘 (영어) (살짝 겁에 질렸다) 썽희, 이건 아닌 거 같아.

성희 아빠, 미안해……. 이태리 머스마는 내 반쪽이 아닌 거 같아.

침대로 픽 쓰러지는 성희. 속옷만 입고 침대에 누워 잔다.
다니엘, 침대 옆에 걸터앉는다.

다니엘 (영어) 썽희, 미안……. 난 아무것도 느끼질 못하는 걸. 그래도 내일 아침이면 나에게 고마워할 거야.

다니엘, 성희가 아무렇게나 벗어둔 옷이며 가방을 가지런히 정리해두고 호텔방을 나간다.
(플래시백 끝)

다니엘 (영어) 아무 일 없었으니까 걱정 마요 썽희.

성희, 몸에 힘 빠지며 안도의 한숨을 쉰다.

성희 하아…….

다니엘 (영어) 썽희, 너무 힘들어하지 말아요. 도움이 필요한 거 같아서 내 친구를 불렀어요. (작게) 연애 박사 거든.

호텔 커피숍으로 걸어오는 다니엘 친구.
눈부실 정도로 멋있다.
성희, 모델 같은 친구의 모습에 말문이 막혔다.
다니엘 친구, 다가오더니 다니엘 옆에 앉으며 다니엘과 가벼운 키스를 나눈다.

성희 ……?
다니엘 (영어) 썽희, 여기 내 남자 친구 루카스. 루카스, 여긴 내가 말한 썽희. 우리 도움이 좀 필요할 것 같아서.
성희 (머리 아프다) 이건 또 뭔 상황이냐…….

S#39. 은진 집 안 / 낮

은진 집으로 들어오는 성희.
거실에 있던 수아 조의 모든 짐이 다 사라졌다.
성희, 수아 조가 머물던 큰방 문을 열어본다. 흔적도 없이 깨끗하다.
성희, 허무하고 어이없다.

성희 왜 자기가 도망가……?

작은방으로 가서 자기 짐을 싸기 시작하는 성희.

S#40. 은진 집 앞 골목 / 낮

기완, 은진 집을 찾아다닌다.
한참 헤매다 은진 집을 찾은 기완. 무작정 골목을 서성이며 기다린다.
얼마 후, 멀리서 캐리어를 끌고 오는 성희가 보인다.
성희가 가까이 다가오고, 말을 꺼내려는데
성희, 못 본 체 기완을 그냥 지나친다.

기완 잠깐만.
성희 (대꾸 없이 갈 길 간다)
기완 잠깐만 얘기 좀 하자.
성희 (멈춰 서서 등 돌린 채) 얘기해.
기완 상처받았음 미안해.
성희 안 받았어. 상처 같은 거.
기완 있잖아…… 그냥 딱 한 번이었어. (차분) 그날 너도 봤잖아. 그 여자랑 나 통성명도 그날 했어.

성희 (중얼) 그냥 딱 한 번……? (뒤돌아 기완을 본다) 우리가 삼 년 가까이 쌓았던 탑이 삼 개월도 안돼서 와르르 무너져버렸어. 난 되게 열심히 쌓았거든 그 탑? 근데 그렇게 공들였던 연애가 허술하고 허접한……. 보통만도 못했단 걸……. 이렇게 비참하게 확인하니까……. (울컥) 너 꼭 이런 식으로 알려줬어야 했니? (운다) 애들 장난 같은 사랑을 진짜라고 믿었던 나 자신이 안쓰럽고 못나서 그래. 쪽팔려서 그런다고!

기완, 성희에게 다가가지만 성희 그만큼 뒷걸음질 친다.
좁혀지지 않는 둘의 거리.

기완 성희야.

성희 그냥 딱 한 번 잔 여자 이름도 잘 모르는데……. 한 번도 안 잔 내 이름은 아직까지 기억하네. 눈물 나게 고맙다.

기완 우성희, 말이 좀 심하다.

성희 상처받았음 미안해.

기완 너 언제까지 삐딱선 탈래.

성희 삐딱선?

기완 삐뚤어졌어, 너. 완전히 삐뚤어지고 배배 꼬여서 누가 진심을 말해도 들어보려고 하지도 않아. 뭣 때문에 그러는데? 니가 가지고 있는 신념? 말은 똑바로 하자. 신념이 아니라 피해의식 아니야?

성희 뭐?

기완 그게 아니면 뭐가 그렇게 무서운데? 뭐가 그렇게 무서워서 도망만 다니냐고!

성희 그만해줘. 여기서 더 최악으로만 가지 말자 우리.

기완 봐, 지금도. 또 도망가려 하잖아. (성희 팔을 붙잡는다) 뭐가 그렇게 무서워서 도망만 가는데? 너 도망 못 가 이제. 오늘은 내가 할 말 좀 하고 도망갈게.

성희 놔! (기완의 팔을 뿌리치려는데)

기완 (더 꽉 잡는다) 그날 아파트에서도, 레스토랑에서도, 지금도! 니가 내뱉고 간 말이 상처로 쌓이고 쌓여서 남겨진 사람이 무슨 기분이 드는지 너도 느껴봐!

큰 소리가 오고 가자 지나가던 사람들 모여서 성희와 기완을 구경한다.

아파트에서 창을 열고 구경하는 주민들도 있다.

지나가던 경찰차가 모여 있는 사람들을 보고 선다.

경찰 1 (사람들에게) 무슨 일이에요?

구경꾼 1 외국어라 못 알아듣겠는데……. 남자가 저렇게 잡고 있고, 여자는 울고 있네요.

경찰 1 비켜주세요. 비켜주세요.

사람들, 갈라서자 기완이 성희의 팔을 붙들고 있는 모습 보인다.

구경꾼 2 (아파트에서 내려다보며 이태리어로 외치는) 저 남자가 아까부터 골목을 서성거렸어요. 여자가 나오자 여자를 붙들고 말하기 시작하더군요.

경찰 2 (영어) (성희에게) 무슨 일입니까?

경찰 1 (영어) (기완에게) 여자한테서 손 떼세요.

기완과 성희, 이게 뭔 상황인가 싶다.
기완이 성희 앞을 막아서자 경찰 1 기완의 팔을 꺾어 성희에게서 기완을 떼어낸다.

경찰 2 (영어) (성희에게) 저 남잘 압니까?

성희는 눈물범벅이 되어 정신이 없다.

경찰 2 (영어) 진정하세요. 안전합니다. 저 남잘 압니까?

성희 (영어) (고개를 저으며) 모르겠어요. 누군지 정말 모르겠어요.

기완 (성희를 황당한 듯 본다)

성희 (기완을 보며 한국어로) 나…… 너가 누군지 정말 모르겠어, 이젠……. (경찰에게) 저 좀 데려다주세요. 네?

경찰 2, 경찰 1에게 사인을 주고 성희를 경찰차로 안내한다.
기완, 경찰차에 타는 성희를 본다.

경찰 1 (영어) 국적이 어떻게 되십니까?

기완 (경찰 1의 질문 안 들린다) 성희야, 우성희!

경찰 1, 무전기로 어디론가 신호를 보내고.
성희는 경찰차 안에서 멀어지는 기완을 본다.

은진, 장을 봐서 골목으로 들어가는데, 골목을 나가는 경찰차를 본다.
경찰차 안에 탄 성희를 발견한 은진.

은진 어?

경찰차는 빠르게 멀어지고. 은진 골목에 모여 있는 사람들을 헤

잡고 간다.
기완과 경찰 1을 보고 다가가는 은진. 유창한 이태리어로 경찰과 대화를 나눈다.

은진 (이태리어) 무슨 일이죠?
경찰 1 (이태리어) 변태 같은데, 계속 골목 근처를 배회하다가 여성에게 접근했다고 합니다.
은진 (기완의 얼굴이 낯익다) 기완 씨 맞죠……?

은진과 경찰 1, 대화를 나누고. 얼마 후, 경찰 1 돌아가고 사람들도 흩어진다.
허무한 기완.

S#41. 경찰차 안 / 낮

경찰 2, 룸미러로 성희를 본다. 초점 없는 눈으로 창밖을 보고 있는 성희.

경찰 2 (영어) 머무실 곳은 있으세요?
성희 (영어) (멍하니 있다가) 네?
경찰 2 (영어) 어디로 데려다드려야 하는지.
성희 (영어) 여기서 내려주세요.

S#42. 로마 시내 / 오후

어느 호텔 앞에 서는 경찰차.

S#16과 같은 호텔이다.

성희, 경찰차에서 내려 고맙다는 인사 후 호텔 안으로 들어간다.

S#43. 호텔 로비 / 오후

S#16의 그 여직원이다. 성희를 기억하는 여직원.

성희 방 하나 주세요.

여직원 다시 오셨네요. 오늘은 정말 묵으시는 건가요?

성희, 여직원을 보면.

여직원, 친절히 웃으며 체크인 서류를 준다.

S#44. 호텔 방 안 / 오후

피곤한 표정으로 침대에 걸터앉아 있는 성희.

그간 있었던 일이 떠오른다.

(플래시백) S#36

성희에게 소리를 지르는 기완의 모습. 기완이 누군지 모르겠다고 울며 경찰에게 말하는 성희의 모습.

(플래시백) S#21

수아 조 재밌는 건 잠자리에서 내가 본 그 남자는 새로운 사람이었다는 거죠. 몸을 만질 때의 손길, 바라볼 때의 눈빛, 이성보다 본능이 강렬한 순간에 그 사람은 무척 섬세해지더군요.

창밖의 풍경이 성희의 시야에 들어온다.
어둑어둑해지고 있는 로마의 거리가 다 내려다보인다.
불현듯 가방을 챙기는 성희.
가방에 지갑, 핸드폰, 호텔 키를 챙긴다.
그리고 수아 조와 성사시키려던 계약서도 확인한다.

S#45. 로마의 어느 골목 / 저녁

성희, 수아 조를 찾아다닌다.

(insert) S#24

수아 조 오늘은 주말이라 거의 닫혔을 거구……. 주말 지나고 한번 들러보려구.

(몽타주)

화가의 지하 작업실로 들어가 수아 조를 찾아보는 성희

잠긴 작업실 문을 두드려보는 성희.

구경하는 사람들로 꽉 찬 작업실, 수아 조와 비슷한 뒷모습의 사람의 어깨를 돌려 세워보는 성희. 수아 조가 아니자 황급히 사과하는 성희.

긴 골목을 다 뒤졌지만, 수아 조는 없다.

허탈한 성희.

어디선가 들려오는 음악 소리와 사람들 소리.

성희가 걸을수록 음악 소리가 커진다.

S#46. 다른 골목 / 저녁

옆 골목의 한 카페 앞에서 즉석 공연이 펼쳐지고 있다.

색소폰(정도의 악기) 연주가 신난다.

사람들 남녀노소 할 것 없이 음악에 맞춰 춤을 추고 있고.

성희도 사람들 틈에 서서 구경한다.

(성희의 상상)

기완이 어느새 나타나 성희의 팔을 잡아당기고,

춤추는 사람들 틈으로 가 성희와 기완 함께 춤춘다.

어색하지만 기완의 허리를 잡고 춤을 추는 성희의 표정이 행복하고 자유롭다.

음악이 멈추자, 사람들 박수 쏟아지고 성희의 상상도 끝난다.

멍하니 흩어지는 사람들을 바라보고 서 있는 성희.

흩어지는 사람들 너머로 수아 조가 보인다.

황급히 수아 조를 쫓는 성희.

S#47. 노천 카페 / 저녁

수아 조 (웨이터에게 주문을 한다) 성희 씨는요?

성희 같은 걸로요.

웨이터가 가자 말없이 서로만 바라보는 두 사람.

수아 조 말씀하세요.

성희 ……저 내일모레 비행기로 가거든요.

수아 조 ?

성희 계약 때문에요. 계약 때문에 작가님 찾아왔어요.

수아 조 계약 때문에 찾아왔다구요?

성희 ……네. 내일모레면 가는데 그냥 가기 아쉬워서요.

주문한 커피가 나온다.

수아 조, 자신의 커피에 스틱 설탕 두세 개를 넣고 젓는다.

자기 입맛에 맞게 커피를 능숙히 여유롭게 타는 수아 조.

수아 조 (커피를 한입 마시고) 계약해요.

성희 ……네?

수아 조 계약 때문에 찾아오셨다면서요, 성희 씨. 해요, 계약. (가방에서 펜을 찾아 꺼낸다)

성희, 자신의 가방에서 계약서를 찾는데 계약서가 없다.

(insert)

가방을 급하게 챙기다가 침대 위에 두고 온 계약서.

성희 (당황한 표정, 일어서며) 잠깐만 기다려주세요, 삼십 분 안에 올게요. 계약서를 잘못 가져왔네요.

수아 조 (일어나 가려는 성희에게) 말해봐요, 이제.

성희 (수아 조 본다)

수아 조 성희 씨, 나 왜 찾아왔어요?

성희 ……사과해주세요.

수아 조 두 사람이 헤어진 사이란 거 알았으면 그런 식사 자리에 성희 씨를 초대하진 않았을 거예요. 미안해요.

성희 아니요. 그거 말구요.

수아 조 ?

성희 그 사람에 대해 말했던 거요. 사슴이니 사자니. (똑바로 보며) 그 사람은 제가 더 잘 알아요. 저 그 사람이랑 삼 년 가까이 함께 있었어요.

수아 조 성희 씨, 말 잘 알겠…….

성희 (말 끊고) 레스토랑 오픈 할 때, 그 사람 가장 행복할 때 함께 있었구요. 어머니 돌아가셨을 때, 그 사람이 세상에서 가장 슬플 때 함께 있던 것도 저구요. 그 사람이 핏대 세워가며 화냈던 상대도 저였어요. 기쁠 때나 슬플 때나 화날 때 옆에 있던 사람은 저라구요.

수아 조 왜 저한테 그런 고백을 하는 거예요? 전 기완 씨와 바람을 피운 것도 아니고, 결혼을 할 것도 아닌데. 여자 친구가 없는 지극히 건전한 남자와 하룻밤을 같이 보낸 게 전부였어요.

성희 어떻게……. 하룻밤을 같이 보낸 게 전부라고. 그것뿐이라고……. 어떻게 그렇게 무책임하게……. 쉽게 말해요? 외로움을 달래려고 사람들과 스쳐가며 사는 당신 때문에 내가 상처받았어요. (울컥) 누구에게는 고작 하룻밤일지 몰라도, 적어도 나한텐 그 이상의 의미라구요.

수아 조 성희 씨. 나는 아무것도 아니에요. 어쩌면 성희 씨 말대로 나는 그냥 외로움을 달래려고 사람들과 스쳐가며 사는 사람이에요. 이건 드라마에 나오는 삼각관계가 아니잖아요……. (웃는) 두 사람 사이에서 아무런 영향력도 없는 사람이라구요, 난.

성희 (수아 조 보며)

수아 조 내일모레 출국이라면서요. 시간이 그리 많지 않은 것 같은데……. 어쨌든, 성희 씨는 좋은 여행 하고 싶었을 텐데. 미안해요.

성희, 안 보일 때까지 수아 조의 뒷모습을 바라본다.
수아 조가 완전히 시야에서 사라지자 핸드폰을 꺼내는 성희.
배터리가 없어 꺼진 핸드폰.

(insert) S#26

수아 조 로마엔 어디 있는 거예요?

기완 베네토 쪽에 묵어요.

S#48. 베네토 거리 / 저녁

거리 끝에 서 있는 성희.

거리 양옆으로 작고 큰, 좋고 허름한 호텔들이 즐비해 있다.

시계를 확인하는 성희, 벌써 열시가 넘은 시각.

S#49. PC방 / 저녁~밤

성희, PC방에 들어가 거리의 호텔을 검색한다.

스무 개가 넘는 호텔이 검색된다.

화면 아래쪽 시설 선택 사항으로 호텔을 추려보는 성희.

금연, 인터넷 사용 가능, 그리고 생긴 지 얼마 안 된 시설이 깨끗한 호텔을 추린다.

여섯 개로 추려진 호텔.

PC방을 나와 본격적으로 호텔을 뒤지기 시작하는 성희.

S#50. 여러 호텔들 / 밤

(몽타주)

다섯 개의 호텔을 돌아다니며 기완을 찾는 성희의 모습.

성희 (영어) 최기완이라는 투숙객 있나요?

돌아오는 대답들 모두 'No'뿐이다.

마지막 여섯 번째 호텔로 들어가는 성희.

성희 (영어) 뭣 좀 확인하려 하는데요.

직원 (영어) (친절하게) 네.

성희 (영어) 여기 최기완이라는 투숙객 있나요?

직원 (영어) 죄송하지만, 고객 정보는 알려드릴 수 없습니다.

성희 (영어) 그냥 있는지 없는지만 알려주세요.

직원 (영어) 곤란합니다, 손님.

성희 (영어) 있는지 없는지만 알려달라니까요? 그게 무슨 고객 정보예요. 다른 덴 다 알려줬다구요.

직원 (영어) 죄송합니다. (매니저를 호출한다)

성희, 자기가 직접 찾아볼 생각인지 엘리베이터로 걸어간다.

매니저 (영어) 손님, 이러시면 곤란합니다.

성희 (영어) 제가 직접 찾음 되잖아요.

덩치 큰 매니저, 엘리베이터 문이 열리고 타려는 성희를 제지한다.

성희 (버럭) 내가 찾는다고!

매니저, 성희를 끌고 문 앞까지 간다.

매니저 (영어) (문 열며) 찾아주셔서 감사합니다.

성희 알았어. 간다구. 간다구요!

호텔에서 쫓겨나는 성희.

성희, 거리로 나와 시계를 보니 열한시가 다 돼간다.

성희의 눈앞에 보이는 허름한 호텔.

호텔 이름 'Vacanze Romane'

S#51. 호텔 Vacanze Romane 로비 / 밤

성희, 자기도 모르게 이끌려 들어온 호텔 로비.

모텔 수준의 작고 허름한 곳.

로비에서 할아버지 둘이 커피를 마시며 담배를 피우고 있다.

성희 (둘러보며) 이런 데…… 있을 리가 없지.

프런트에서 성희를 반기는 직원도 백발의 할머니다.

할머니, 성희를 보고 일본인으로 생각했는지 '곤니찌와'라고 인사를 건넨다.

성희 (영어) 일본인이 아니라 한국인이에요.

할머니 (한국어) 안녕하세요? 어서 오세요.

할머니가 한국어를 하자 놀란 성희.

할머니 (영어) (웃으며) 한국인 손님한테 배운 거예요.

성희, 설마 하는 눈빛으로 데스크로 가까이 다가간다.

성희 (영어) 혹시, 여기 최기완이라는 사람이 있나요?

할머니 기. 완. 기. 완!

성희 있어요?

할머니 (영어) 오늘 오후에 체크아웃 했어요. 아주 재밌는 친구던데요?

성희, 아쉬운 표정으로 잠시 생각하더니.

성희 (영어) 저…… 그 사람이 있던 방…… 아직 비어 있나요?

할머니 (영어) 따라와요. 안내해줄게요.

할머니, 열쇠를 들고 앞서고. 성희, 그 뒤를 따른다.

S#52. 호텔 Vacanze Romane 305호 / 밤~아침

방문을 열었는데, 아직 방 청소가 안 됐다.

할머니	(영어) 아이고, 아직 청소가 안 된 걸 모르고……. 미안해요. 로비에서 잠깐 기다리면 금방 치워줄게요.
성희	(영어) 치우지 마세요. 그냥…… 그냥 쓸게요.

성희를 이상히 보는 할머니를 뒤로하고 방으로 들어가는 성희.
아주 작은 방. 좁고 낡고 다소 지저분한 호텔방.
성희, 믿을 수 없다는 표정으로 기완이 머물던 방을 천천히 살펴본다.

성희	(N) 내가 알지 못했던 그의 모습을 알았을 때, 심장은 툭, 밑이 보이지 않는 컴컴한 바닥으로 떨어진다. 그리고 그 충격은 곧 분노와 서러움이 되어 눈물을 한 바가지 쏟아내게 하고. 눈두덩이가 무거워질 때까지 울고 나면, 그를 사랑했던 나 자신에게까지 화살이 돌아왔다. 미련한 것, 멍청한 것, 왜 마음을 줬니…….

테이블 위 재떨이, 꽁초로 꽉 찼다.
쓰레기통과 콘솔 위에 놓인 빈 맥주캔들.

성희 (N) 그다음은, '왜 난 마음을 다해 사랑했던 사람을 진작 제대로 알지 못했을까'라는 자아성찰의 시간이었으며. 물론 답은 절대 찾을 수 없다.

화장실로 가 자신의 칫솔을 꺼내 컵에 놓으려는데,
기완이 두고 간 칫솔이 있다.
색깔만 다른 두 칫솔.
기완의 칫솔을 빼서 세면대 한쪽에 올려두는 성희.
칫솔을 물끄러미 보면서 양치한다.

성희 (N) 도무지 답을 알 수 없는 이상한 자아성찰의 시간이 끝나면, 믿기 싫지만, 모든 것은 다시 원점으로 돌아간다. 나쁜 놈. 멍청한 것, 왜 마음을 줬니…….

양치를 다 하고 자신의 칫솔을 컵에 꽂고,
기완의 칫솔을 쓰레기통에 버리는 성희.
침대에 누워 뒤척이는 성희. 새벽 내내 뒤척인다.

성희 (N) 그렇게 먹어도 먹는 게 아니고, 놀아도 노는 게 아니고, 자도 자는 게 아닌 시간이 지나고 나자…….

#시간 경과

아침에 부스스한 얼굴로 일어나 나갈 준비를 하는 성희.
씻고 옷을 갈아입는다.

성희 (N) 이런 생각이 들었다. 그를 이해하고 싶어졌다고. 그가 누군지 알고 싶은 것이 아니라, 그가 누구든 이해하고 싶다고.

성희가 나간 호텔방,
TV에서 나오는 「로마의 휴일」
앤 공주가 잠에서 깨어나 자신의 이름을 '아냐 스미스'라고 속이는 장면이 나오고 있다.

S#53. 콜로세움 / 아침

캐리어를 끌고 콜로세움을 구경하는 성희.
가벼워진 표정.
다른 관광객에게 다가가 말을 건다.

성희 (영어) 사진 좀 찍어주실 수 있으세요?

콜로세움에서 포즈를 취하고 사진을 찍는 성희.
여행 중의 첫 사진이다.

S#54. 유명한 젤라또 가게 앞 / 아침

줄을 서서 젤라또를 사 먹는 성희.

S#55. 기념품 가게 / 아침

아빠 기념품을 고르는 성희.
장식용 작은 유리 인형을 고르고 있다.
인형들이 죄다 커플 한 쌍으로 되어 있다.

성희 (영어)(종업원에게) 커플 말고…… 혼자 있는 인형은 없나요?

종업원 (영어) 이쪽으로 오세요.

종업원, 성희를 더 안쪽으로 안내하고.
종업원이 안내한 곳에는 커플이 아닌 솔로 인형들이 있다.
커플 인형보다 훨씬 더 화려하고 종류가 많은 솔로 인형들.

성희, 고심해서 인형 하나를 고른다.

성희 (영어) 포장해주세요.

얼마 후, 포장된 인형을 가지고 가게를 나가다 도로 들어오는 성희.
처음에 보던 커플 인형을 다시 본다.

성희 (영어) 이것도 하나 포장해주시겠어요?

S#56. 공항 / 낮

기완, 공항에서 티켓팅 하고 있다.
자신의 캐리어를 부치고 티켓을 받아 출국장으로 들어간다.
그 모습을 지켜보고 있던 성희, 티켓팅을 하러 간다.

직원 (영어) 자리는 창가 자리 괜찮으세요?

성희, 심호흡을 몇 번 하고.

성희 (영어) 아니요. 방금 저 남자 옆자리로 주세요.

S#57. 기내 / 낮

승객들, 차례로 탑승 중이다.
성희, 좌석표를 확인하면서 걸어간다.
울리는 성희의 핸드폰, 확인해보면
진주의 메시지.

진주(V.O.) 선배! 대박! 방금 수아 조한테 메일 왔어요! 그때 받은 자료 중에 관심 있는 게 있다구요. 담당자랑 얘기해보고 싶대요! 강 대리님 표정, 선배가 봤어야 하는데! 빨리 컴백하세요 선배.

성희, 진주의 메시지 읽고 옅은 미소 짓는다.
그리고 보이는 기완, 짐을 올리고 있다.
눈이 마주치는 두 사람.

- The End -

| 작가의 말 |

어떻게 살아야 하나 싶어 점집을 찾은 적이 있다.

"서른아홉에 대박 나니까 그전까지 욕심을 버리시게."

내 인생에도 '대박'이 있을까 설레는 것도 잠시, 막혔던 마음에 긴 바람이 들었다. 위안이었다. 내가 잘할 수 있는 것을 찾아 헤맬 수 있는 시간을 번 것 같았다. 더 방황하고 도전할 수 있는 조금 우스운 명분을 얻은 셈이었다. 그 후로 줄곧 다짐한다. 늘지 않는 적금 통장을 부여잡고 자책하지 않겠다고. 자그마한 원룸의 나를 미워하지 않겠다고.

마음을 비우니 외로움도 덜하다. 돌아오는 티켓 없는 장기여행자처럼 이야기를 찾아 천천히 살아가려 한다. 어딘가에서 나를 기다리고 있을 이야기에 조금씩 가까워지는 삶이라면 될 듯싶다. 점집 아줌마 말이 사실이든 아니든.

2015년 겨울

이지영

미래의 작가들 06
언더커버 갱

2015년 12월 5일 제1판 제1쇄 펴냄

지은이 이지영
기획 크리에이티브 라이팅 그룹(Creative Writing Group)
편집 모영철
펴낸이 박문수
펴낸곳 도서출판 박문수책
등록 2009년 2월 6일 제13-2009-24호
주소 03964 서울특별시 마포구 망원로7길 3-6(망원동)
전화 02-322-5675
전자우편 mspark60@dreamwiz.com

ISBN 978-89-969754-7-2 03810